KB118931

1990

새
소설

14

1990

장편소설

김아나

자음과모음

차
례

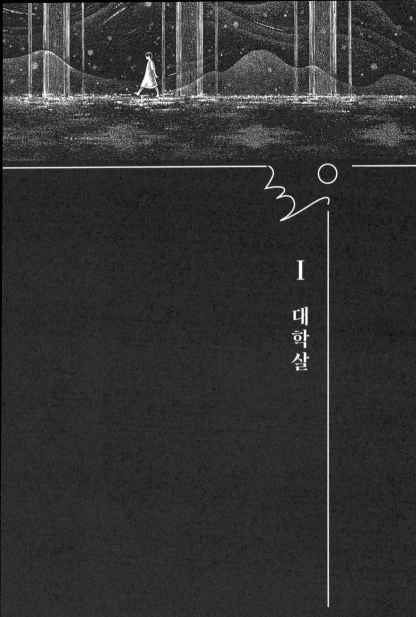

I

대
학
살

현우는 자동차를 절 입구에 주차했다. 절의 현판 아래 플래카드가 걸려 있다. XX령 합동 천도재. 플래카드 앞부분에 소복하게 눈이 묻어서, 어느 영혼을 기리는 행사인지 알아볼 수 없었다. 엄마는 절 입구에 있는 사천왕 앞에 서서 진주 목걸이를 만지작거렸다. 진주가 서로 부딪히며 맑은 소리를 냈다.

"태워다줘서 고마워. 어서 가보지 그래."

엄마가 말했다. 현우는 어깨를 으쓱했다. 그는 대답 대신 온통 하얗게 변한 절의 전경을 둘러보았다. 하늘이 눈을 뱉었다. 엄마는 음력 7월 15일마다 달기면이라는, 구글 지도에도 등록되지 않은 절로 향했다. 올해 음력 7월 15일에는 폭설이 내렸다. 현우가 알기로 여름에 이토록 눈이 내린 적은 한 번도 없었다.

현우에겐 직업이 없었다. 그는 직업을 가질 생각이 없었다. 음력 7월 14일 저녁, 현우는 하릴없이 원룸에 누워, 여름임에도 전례 없는 폭설이 내린다는 라디오 보도를 듣고 있었다. 그때 엄마에게서 절에 태워다줄 수 있냐고 문자메시지가 왔다. 현우의 엄마가 누구더러 절에 데려다달라고 요청한 건 처음 있는 일이었다. 현우는 엄마의 이례적인 요청을 듣고 단번에 알겠다고 답장했다.

엄마는 현우가 어릴 적부터 매년 절에 갔다. 현우는 줄곧 엄마의 연례행사를 궁금해했다. 엄마는 정해진 날, 정해진 시간에 절에 가야 했기 때문에 현우의 학예회, 운동회, 학부모 모임, 입대에 불참했다. 엄마 없이 아빠와 함께한 행사장에서 현우는 항상 머리가 아플 때까지 위아래 어금니를 꽉 깨물었다. 엄마는 항상 현우에게 무관심했다. 현우가 도대체 무얼 잘못했기에.

"장거리 운전하느라 힘들었지? 가서 쉬어."

엄마가 코트에 묻은 눈을 털어내며 말했다. 현우는 이를 깨물었다. 엄마는 언제나 현우가 어딘가로 가길 원했다. 현우야, 어서 방에 들어가, 학원으로 가, 기숙사에 등록해, 독립해. 현우는 줄곧 갈 곳이 있었기에 역설적으로 삶의 경로에서 중심을 잡을 수 없었다. 지각, 결석, 중퇴, 자퇴, 퇴학, 서른이 될 때까지 연애 한 번 못 하기. 절 앞에서 문전박대 당하기. 현우는 오늘만큼은 무엇이든 중단하지 않기로 했다. 오늘은 집에 가지 않을 거야. 엄마 말을 따르지 않을 거야. 엄마의 비밀 모임에 관해 알아볼 절호의 기회야. 현우가 엄마를 향해 말했다.

"에이, 엄마. 내가 택시 운전사야? 가서 조용히 있을게, 가게 해줘."

엄마는 대답 없이 대문을 건넜다. 현우는 엄마를 따라 절 안으로 들어갔다. 동자승이 싸리 빗으로 바닥에 쌓인 눈을 긁었다. 빗자루로 눈발을 긁어내자 아이보리색 꽃이 보였다. 꽃 옆에 놓인 잘린 손목이 거슬렸다. 현우는 순간 자기가 착각하는 건가 싶었다. 고개를 돌려 엄마가 들어간 법당의 댓돌을 응시했다. 신발 더미 사이로 코와 발목, 엄지발가락이 보였다. 저게 뭘까. 내가 미쳤나. 댓돌에 놓인 엄지발가락 사이로 실뱀이 기어 수풀 너머로 사라졌다. 현우는 눈을 몇 번 껌뻑인 뒤 엄마를 따라 법당 안으로 들어갔다. 그래. 피곤해서 잘못 본 거겠지.

법당 한편엔 일 미터가량 되는 불상과 신령, 용 모형이 놓였다. 천장엔 한글과 한자로 쓴 이름이 적힌 얇은 종이가 비좁게 수천 개 달려 있어, 쏟아지기 직전의 눈사태 같았다. 현우는 고개를 들어 종이에 적힌 이름을 읊었다.

유지현, 이민지, 오영아, 김지안, 새롬이, 다롬이. 새롬이, 새롬이라. 새롬이라는 평범한 이름이 유독 현우의 뇌리에 박혔다.

흔한 이름들. 저 이름 중 하나가 현우의 여자 친구가 되었을 수도 있다. 아마, 새롬이? 현우는 고개를 내리고 법당을 둘러보았다. 엄마 나이 대의 여자들이 모여 있었다. 그들 중 누군가는 향을 피웠고 누군가는 다과와 사과를 내놓았고 누군가는 매끈한 검은색 조약돌을 만지작거렸다. 누군가는 등을 다쳐 거동이 힘들었고 누군가는 그 여자가 자리에 앉는 걸 도왔다. 여자들 사이로 여자아이 한 명이 보였다. 아이는 가벼운 발걸음으로 나이 든 여자들 사이를 빙글빙글 돌았다. 현우는 아이의 나이를 가늠하기 힘들었다. 분명 기어 다니는 나이는 지났음에도 영아 같았고, 얼굴에 주름 한 점 없음에도 노인 같았다. 아이가 움직일 때마다 0세와 100세 사이의 스펙트럼이 투명하게 펼쳐지는 듯했다.

현우와 아이의 눈이 마주쳤다. 아이의 얼굴은 절반밖에 남지 않았다. 오른손은 엄지와 새끼손가락이 없어 꼭 엄지손장갑처럼 보였다. 아이가 현우를 바라본 뒤 손가락으로 천장의 종이 한 장을 정확히 가리켰다. 김지안. 자기 이름이라는 건가. 아이가 얼굴을 찡그리며 입을 벌려 웃었다. 치아가 드문드문 있었다. 웃는 모습이 왠지 아흔 살 같아 보이는군, 이라고 현우가 생각하는 순간, 아이는 열다섯 살처럼 보였다.

　엄마를 비롯한 여자들이 일제히 법당 한가운데에 둥그렇게 대형을 만들어 앉았다. 현우는 엄마 곁에 바짝 앉아 여자들을 둘러본 뒤 목례했다. 여자들은 살짝 웃으며 현우에게 고개를 기울여 인사했다. 그들은 현우가 모임에 참석하는 것에 기분 나빠 보이지는 않았으나, 그렇다고 기뻐하는 것 같지도 않았다. 여자들의 눈은 현우가 이해할 수 없는 걸 감추고 있었다. 바깥의 눈바람이 심했다. 종이로 만든 창이 우그러지는 소리가 났다. 눈발이 날리는 소리를 배경으로 엄마 옆에 앉은 여자가 가방에서 위스키를 꺼내 마셨다. 그가 말했다.

　"매년 제정신으로 오기 힘들어요."

　여자가 빈 위스키 병을 거꾸로 들어 바닥에 흔들었다. 엄마는 울먹이는 여자를 응시하며 진주 목걸이를 만졌다. 위스키 병 여자가 말을 이었다.

　"아이들이 돌아왔으면 좋겠어요. 어떤 형태로든. 이 위스키 병이라도 좋아요."

　"맞아요. 어떤 형태로든 있기만 하다면."

"어떤 형태라도."

여자들 중 누군가 동의했고 말했고 대답했다. 세상에. 정신병자 모임인가. 현우가 턱을 긁으며 몰래 혼잣말했다. 엄마는 이제껏 이런 데 오려고 학예회 연극을 보러 오지도 않았던 건가. 현우는 다시 천장의 이름들을 응시했다. 고수현, 지혜, 소리, 엄지나. 습기 때문에 이름이 적힌 직사각형 종이 끝이 말려들어갔다. 이름들 사이로 혓바닥과 무릎 한쪽이 달려 있었다. 누군가 현우의 귀를 잡아당겼다. 얼굴이 반쪽만 있는 아이가 현우 옆에 서 있었다. 아이가 말했다.

"안녕. 너구나. 처음 보네."

현우가 아이를 무시했다.

"에이, 씨발."

아이가 욕을 내뱉은 뒤 엄마의 팔짱을 끼고 옆에 바짝 앉았다. 엄마가 팔꿈치를 긁었다. 위스키를 흔들던 여자가 주저하다 말을 꺼냈다.

"사실 말 안 했는데 시아버지가 올해 3월에 돌아가셨어요."

누군가 아, 하고 짧게 소리를 냈다. 아, 하는 소리는 웃음소리 같기도, 아쉬움의 표현 같기도 했다. 다만 슬픔이 섞이지 않은 것이 특이하다고, 현우는 여겼다. 위스키 여자의 반대편에 앉은 단발머리 어머니가 말했다.

"저희 쪽 시아버지는 중풍으로 골골댄 지 한참이에요. 오늘도 시어머니가 시아버지 수발을 들라고 병원에 가보라는 걸 거절하고 여길 왔어요. 싫어, 싫다고, 내가 소리치니 아무 말도 못 하더군요."

그가 이었다.

"지금 중풍에 걸린 시아버지는 말이죠. 제가 1989년에 임신하고 초음파로 성별을 확인하러 갔을 때, 여자아이인 걸 확인하고 난리를 피웠어요. 여자애는 당장 지우라고, 지우지 않으면 안 된다고 비명을 지르며 병원 바닥에 누웠어요. 마치 내 몸이 자기 몸인 것처럼 내가 앞으로 무얼 해야 할지 지시했어요. 시부는 그때의 건강함은 온 데 간데 없이 사라진 지 오래예요. 지금은 한없이 약해 보여요."

"노인들은 아프면 아이처럼 굴어요. 자기들이 죽이라고 명령한 작은 아이들처럼 행동해요. 웃겨요."

"그러게요."

"왜 내 아이는 그토록 반대한 건지."

"그들은 자기 잘못을 몰라요. 우리에 대한 고마움도 없어요."

"일은 다 우리가 했는데 말이에요."

현우의 엄마가 끼어들었다.

"시댁 이야기가 나오니 제 이야기도 들어주세요. 제가

첫아이를 가졌을 때 시댁에서 아들인 줄 알고 백화점에서 비싼 진주를 해줬어요."

진주 목걸이가 형광등 빛을 은은히 반사했다. 엄마가 이었다.

"초음파 검사 뒤 딸이라고 밝혀지니 시댁에서 당장 진주를 환불해야 된다고, 그리고 아이도 지워야 한다고 협박했죠. 아이는 갔어요. 그러나 진주는 아직도 내 손안에 있어요. 나는 진주를 지켰어요."

"노인네들이란."

"초음파 기계들이란."

"내 시댁에서는요, 초음파 검사 뒤에 내게 약까지 먹이려고 했답니다."

"내 탓이 아닌데. 여자아이라고 고래고래 떠들던 의사가 없었더라면."

"우리 탓이 아닌데."

"우리가 다 뒤집어쓰고."

"죄책감을 강요해요."

여자 여러 명이 한꺼번에 말했다. 누군가 비아냥댔다. 누군가 웃었다. 누군가 흐느꼈다. 여자들은 울음을 신호 삼아 마음을 털어놓기 시작했다. 그들은 투덜댔으며 명랑했고 울음을 삼켰다. 그들이 바닥에 차례차례 소지품을 꺼내놓았다. 검지만 한 유아용 신발, 손 싸개, 치발기, 모빌, 아동용 위인전, 유아용 무릎 보호대, 체리, 자두, 사과. 엄마들은 예견된 출산이 시아버지 때문에 어그러져서, 초음파 검사 뒤 여자아이라는 이유로 시댁에서 출산을 금지당해서, 투덜댔다. 출생의 예견이 유효하던 시절을 떠올리며 명랑했다. 예견이 파괴된 순간을 회상하며 울음을 삼켰다.

"새롬이는 아마 음대에 갔을 거예요. 시아버지가 죽이지 않았다면 음대 수석이었을걸요. 죽이지 않았다면, 죽지 않았다면."

현우 건너편에 앉은 여자가 사과를 깎으며 말했다. 그는 단발머리였고 미간 주름이 짙었다. 그의 어조는 흰 구름에 떠 있는 듯 몽롱했다. 지안은 새롬의 어머니 쪽으로 살금살금 다가가 허공의 누군가에게 귓속말했다. 새롬의 엄마는 허공에 떠도는 지안의 속삭임을 무시하고 계속해서 말했다. 그의 단발머리가 흔들렸다.

"저는 종교를 가진 적이 없지만 새롬이가 찾아온 뒤 성가에 빠졌어요. 성가를 매일 들었어요."

여자는 미래를 논할 수 있었던 시절의 즐거움에 압도된 듯 벅찬 어투였다. 그는 다 깎은 사과를 접시에 옮겨 담은 뒤 카세트 플레이어와 테이프를 하나씩 바닥에 내려놓고 만지작거렸다.

"새롬이는 1990년대 카세트 플레이어와 유선 이어폰을 겪을 마지막 세대일 거예요. 음악 전달 형태의 모든 과정을 거칠 거예요. 1990년에 태어났어야 했을 여자아이들은 음악적인 축복을 받았어요. 그래요. 새롬이가 죽지 않았다면. 시아버지가 새롬이를 죽이지 않았다면. 1990년 8월 13일에."

잘리지 않은 기다란 흰색 종이 띠처럼, 엄마들이 꿈꾸는 만약이 이어졌다.

우리 민지가 죽지 않았다면, 영아가 죽지 않았다면, 수현이가 죽지 않았다면, 지혜가 죽지 않았다면.

현우는 조각났던 파편이 봉합되는 느낌을 받았다. 모임에 참여한 엄마들이 이야기하는 건 아이들이었어, 강은주, 오한별, 현아, 박이현, 새롬이. 누군지는 모르겠지만 죽은 아이들이었어. 현우의 목덜미가 차가워졌다. 엄마는 매년 고작 죽은 아이들 이야기를 하려고 여기 온 거야? 현우의 마음속에서 후련함과 허탈함, 짜증이 당구공처럼 서로 부딪혔다 달아났다. 그럼 우리는? 살아 있는 우리는 뭔데? 현우가 여자들을 향해 말했다.

"살아 있는 아이들에게나 잘하세요."

모든 시선이 현우에게로 몰렸다. 그 누구도 현우의 말에 대답하지 않았다. 그때 여자아이가 팔꿈치로 엄마를 치며 말했다. 엄마의 진주 목걸이가 가볍게 흔들렸다.

"있잖아요. 저에게 생각이 있어요. 엄마들, 죽은 아이들을 형태로 간직하고 싶다고 했죠? 종이에 이름이 적힌 아이들과 나는, 미래에 태어날 형제들과 포궁을 공유했잖아요. 다만 어른들이 말띠 여자아이들이 싫다는 이유로 우리를 쇠로 긁어내야 했지만."

여름의 이상한 한기가 여자들과 현우의 어깨에 내려앉았다. 엄마들은 입을 다문 채 서로 눈빛을 교환했다. 현우는 엄마들이 자기에게 무슨 말이라도 해주길 바랐다. 엄마들의 침묵은 욕설보다 위협적이었다. 몸을 떠는 현우의 곁으로 아이가 기어와 지근거리에서 크게 떠들었다.

"우리를 죽이고 태어난 형제들을 우리처럼 조각내는 거예요. 우리처럼 해체하는 거예요. 우리를 죽이고 태어난 형제들이 잘 살고 있나요? 엄마들?"

현우가 이를 악물었다. 아이가 고작 세 개밖에 없는 손가락으로 현우를 가리켜 말했다.

"형제들은 죽은 우리의 파편을 가지고 태어났을 거예요. 우린 포궁을 공유했다니까. 그러니 형제들을 우리처럼 부수어야 해요. 그중 우리 영혼이 깃든 조각이 있을 거예요. 엄마들은 그걸 간직하고 우릴 기억하면 되어요."

"얘 좀 그만하라고 하세요. 엄마."

현우가 이를 꽉 문 채 힘겹게 말했다. 향냄새가 역겨웠다. 추웠다. 온몸이 간지러웠다. 엄마가 법당 천장에 달린 손가락만큼이나 기이한 목소리로 말했다.

"이 아이가 현우예요. 지안이를 지우고 태어난 아들. 말씀드린 적 있죠. 지안이는 운이 나빠 사라져야 했지만, 우리 현우는 운이 좋아서 태어났어요."

사과를 깎던 어머니가 칼을 든 채로 현우를 향해 웃었다. 그를 위시하여 다른 어머니들도 조용하고 강하게, 의문스러운 미소를 지었다. 제발, 내게 무슨 말이라도 해줘. 여자아이가 허공에 소리쳤다.

"엄마. 내 동생 현우를 찢어야 해요. 나처럼."

"애 좀 닥치라고 해요. 그만하라고 해요."

"현우를 해체합시다."

"그만하라고."

"현우야, 어디를 쳐다보고 말하는 거니. 누구에게 이야기하는 거니."

"현우를 죽이자. 나처럼."

"닥쳐. 왜 나한테 지랄이야."

"미래가 찾아올 거야. 네가 무서워할 미래가."

법당 문이 열렸다. 비구니와 보살 둘이 옷에 묻은 눈을 털며 들어왔다. 비구니가 지안을 향해 고개를 끄덕여 인사했다. 그러고 난 뒤 불상 앞에 자리를 잡고 휴대용 마이크를 승복에 꼈다. 보살들이 기다란 탁자를 펴고 그 위에 수십 개의 위패를 가지런히 진열했다. 어머니들이 자리에서 일어나 비구니와 마주 서서 합장했다. 지안이 문가에서 현우를 향해 손가락을 까닥했다. 현우는 턱에 맺힌 땀을 훔치고 지안에게로 향했다. 지안이 숨을 가다듬고 말했다.

"엄마가 뭐라는 줄 알아. 네가 태어났을 줄 알았더라면 바로 지웠을 거래. 나한테 그랬던 거랑 달리 오로지 자기 의지로."

지안이 법당 바깥으로 나갔다. 현우가 지안을 따라 나갔다. 눈이 그쳤다. 보살들이 나무 사이에 플래카드를 걸고 있었다. 흰색 천에 검은 글씨로 이렇게 쓰였다.

'1990년생 여아 수자령 영가 낙태 유산 유아 합동 천도재, 음력 2023년 7월 15일'

바닥에 쌓인 눈이 백골 빛이었다.

현우는 누군가에게서 빼앗은 삶을 산 것이었다. 일전의 서로 부딪히던 감정들은 어딘가로 사라졌고, 현우가 도저히 설명할 수 없을, 처음 마주한 감정이 마음속에서 회전했다. 현우의 인생은 엄마의 무관심과 본인의 무기력함이 빚어낸 실패작이었다. 아니다, 다 어른들의 잘못이었다. 살아갈 기회를 누나에게서 훔친 거라면 내게 이야기를 해줬어야지. 나는 다르게 살 수 있었어. 정말이야. 누나가 죽었다는 걸 알았더라면 다르게 살았을 거야. 현우는 지안에게 할 말이 있었다. 누나와 현우의 관계에 있어서 정확히 짚어야 할 게 있다. 지안은 플래카드 옆에 서서 밧줄을 만지작대다가 흙바닥에서 검고 매끈한 돌을 주워 만졌다. 그는 돌을 얼굴 가까이 대고 무언가 속삭였다. 지안의 문드러진 입술이 스치는 소리와 법당 안의 목탁 소리가 중첩되었다.

"누나."

현우가 지안을 향해 다가갔다.

"내가 죽인 거 아니잖아."

현우가 말했다. 지안은 현우를 한참 동안 쳐다본 뒤 바닥에 침을 뱉었다. 0세부터 100세. 과거이자 미래일 수도 있었을 홀로그램이 지안의 얼굴 사이로 스쳤다. 지안은 현우를 등지고 절을 돌며 바닥에 떨어진 손목과 발목, 귀와 코를 줍기 시작했다.

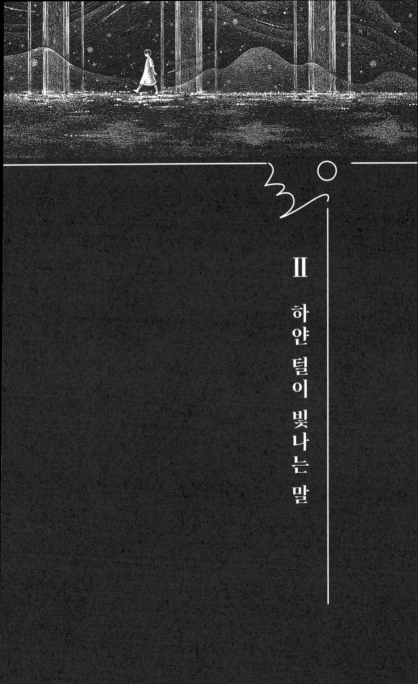

II

하얀 털이 빛나는 말

양대기는 검지 중지로 커튼을 들추었다. 그는 눈을 질끈 감았다 뜬 뒤 창밖을 내려다보았다. 주택 주차장에 선 소방차의 체리색 사이렌이 무한대 표시를 그렸다. 양대기는 일본인 모리 오이치를 잊은 지 오래였다. 하지만 양대기가 뒷산에서 난 라이터 소리를 듣고 바로 소방서에 전화한 건 아마도 갑자기 생각난 모리 오이치 때문일 것이다. 창밖을 바라보는 양대기의 배 속에 열기가 맴돌았다.

"모리 오이치. 나는 1906년 4월 28일에 태어났어. 내 이름은 모리 오이치, 양, 들어봐, 나는 1906년 4월 28일에 태어났어. 양은 언제 태어났더라?"

양대기가 무의식적으로 중얼댔다.

"모리 오이치, 1906년 4월 28일 출생."

양대기가 사는 충무로 5번가 400번지 주택은 뒷산을 마주하고 있었다. 뒷산이 항상 그랬듯 그 산도 불량한 아이들의 집합소였다. 아이들은 새벽 한 시마다 산 입구에 모여 시끄럽게 떠들었다. 된소리로 가득한 욕설과 애정이 섞인 말다툼은 양대기에게 익숙한 잡음들이었다. 그러나 갑자기 양대기에게 익숙하지 않은 소리가 났다. 누군가 라이터 부싯돌을 튕기는 소리였다.

"모리 오이치. 나는 1906년 4월 28일에 태어났어."

양대기는 침대에서 일어나 당장 수화기를 들고 119 버튼을 눌렀다. 잠옷이 온통 땀에 젖었다. 양이 다시 침대로 향하자 젖은 옷이 피부와 마찰하며 종이 구겨지는 소리를 냈다. 아내는 여전히 잠들어 있었다.

그날 뒷산에 작게 불이 났다. 소방관들이 도착해 불을 수월하게 진압했다. 뉴스에 보도될 거리도 아닌 아주 작은 화재였다.

뒷산에 작은 불이 난 다음 날 양대기는 칼국수 가게로 출근했다. 그는 충무로 5번가에서 칼국수 가게를 했다. 가게는 입소문을 타고 충무로에서 손에 꼽는 유명 음식점으로 성장했다. 작년에는 상인협회가 선정한 1988년 최고의 음식점으로 뽑히기도 했다. 양은 올해에도 상을 받았으면 했다. 그는 다른 곳도 아닌 서울 충무로에서 가게를 차려 성공했고 그 돈으로 5번가 400번지의 주택을 매입했다는 점을 항상 자랑스럽게 여겼다.

양대기는 매장을 넓히려고 가게 내부 리모델링을 진행하고 있었다. 그는 콘크리트 분진을 손으로 휘휘 저으며 공사장 한복판으로 향했다. 인부가 가게 내부에 복층을 만드는 작업을 하고 있었다. 공사 현장은 부산했고 시끄러웠다. 복층 작업 중인 한 인부가 방진 마스크를 낀 채로 양에게 성의 없이 목례했다. 양은 일하고 있는 인부를 붙잡고 복층에 관해 두서없이 말을 이었다. 자기 자신이 무엇을 지껄이는지조차 알 수 없었음에도 쉼 없이 말했다. 왜 갑자기 오이치 생각이 난 거지. 그의 성대와 입술은 의지와 상관없이 움직였다. 아마 전날 주택 뒷산에 불이 난 일 때문일거야. 내가 제정신이 아닌 거겠지.

"나는 어렸을 때부터 복층이 안전해서 좋았소."

양이 말했다. 인부는 별 반응이 없었다. 양은 머쓱해져서 깨끗한 안경을 벗고 후후 분 뒤 소매로 닦았다. 그 순간 누군가 소화기를 가져오라고 소리쳤다. 공사장에 소란이 일었다. 양대기는 움직일 수 없었다. 누군가 외쳤다.

"불이야. 불이다. 도망쳐."

양이 주변을 살폈다. 주변은 분진인지 연기인지 모를 희뿌연 막 때문에 검붉었고, 컴컴했다. 하지만 연기 사이에서 양은 복층으로 올라가는 계단에 서 있는 한 사람을 똑똑히 볼 수 있었다. 사실 사람인지 유령인지 불분명했다. 아마 사람과 유령 두 가지 속성을 모두 가진 존재일지도 모른다. 그 형체는 온몸에 자색 망토를 둘렀다. 양대기가 안경을 쓰고 복층 가까이 걸어갔다. 형체가 뒤집어쓴 건 망토가 아니라 이글거리는 불을 품은 숯덩이였다. 그 형체는, 그 여자는, 오이치는, 얼굴과 팔다리에 온통 잉걸을 입었다. 잉걸 사이에 드문드문 검은 푸새가 껴 있었다. 여자에게서 이끼와 돌이 타는 냄새가 났다. 양대기에게 익숙하고 사적인 냄새였다.

"사장님. 불씨가 작아서 소화기도 필요 없었어요. 아이고. 소란 피워 죄송하게 됐습니다."

한 인부가 어디선가 말했다. 양은 유령에게로 시선을 고정한 채 인부에게 말했다.

"저기, 보여?"

"무엇이 말입니까, 사장님?"

"저기, 오이치가 있잖아. 복층 계단에."

유령은 오이치가 분명했다. 곧 분진과 연기가 걷혔다. 모든 인부들이 자리를 찾아갈 때쯤, 양대기는 그 자리에서 혼절했다. 양은 전날에 이어 또다시 구급차를 마주했다. 이번에 구급차 안에 들어간 건 그 자신이었다. 구급차엔 공사 현장감독이 동행했다. 구급 침대에 누워 양대기가 현장감독의 손을 붙잡고 말했다.

"오이치를 생각하면 숨고 싶어져."

"사장님이 많이 힘드신가 보네. 헛소리하셔요."

현장감독이 대답했다. 옆에 앉은 구급 대원이 물었다.

"선생님. 지병은 있으시고요?"

"아니. 내 말을 들어봐. 오이치가 와서 그래."

"현장감독님 말대로 선생님이 정말 많이 힘드신가 보네. 응급실로 모실게요."

양이 병원에서 깨어난 건 이마에 스치는 기모노 자락 때문이었다. 하지만 눈을 뜨니 기모노 자락 따위는 없었다. 밤이라 병실이 암암했다. 커튼 너머 반대편 침대에서 누군가 컵에 물을 따르고 있었다. 그 누군가가 물 마시는 소리에 양대기의 심장이 뇌에 맞닿을 정도로 가파르게 뛰었다.

모리 오이치는 1930년, 서울 남촌의 충무로 일본인 구역, 현재는 충무로 5번가 400번지 양대기의 주택으로 알려진 곳에서 부모님, 세 명의 동생과 함께 살았다. 모리 가문이 조선에서 무슨 짓을 해서 부를 쌓았는지 양대기는 전연 알 수 없었다. 지금 생각해보면 공장을 운영했었나 싶다. 하긴, 모리 가족은 식민 지배 국가 출신이었으므로 부귀와 필연적으로 관련이 깊을 수밖에 없었다. 당연한 일이지 않은가. 양대기의 어머니는 오이치의 집에서 또 다른 어머니로 불리며 일했다. 당시의 일본인들은 조선인 하녀를 어머니라는 말로 간편하게 지칭했다.

오이치는 당시 스물네 살이었고, 지금 와서 생각해보면, 데카당스와 로맨티시즘이 이상한 방식으로 섞인 분위기를 풍기는 여자였다. 오이치의 아침은 조선호텔의 팜 코트에서 먹는 아이스크림과 담배였다. 오이치는 항상 조개 모양 앵두색 루사이트 백을 가지고 다니며 콧노래를 불렀다. 또한 오스카 와일드와 바르베 도르비이 같은 서양의 댄디 작가들을 좋아하기도 했다. 특히 오이치에겐 악취미가 하나 있었는데, 가난한 조선인들이 몰려 사는 종로로 빈민 관광을 가서 평소보다 큰 소리로 콧노래를 부르는 것이었다.

또다시 지금 와서 생각해보면, 오이치는 동갑이었던 양대기의 어머니에게 유달리 친근함을 느꼈던 것 같다.

아니다. 글쎄, 그건 아니었다. 친근함은 아닌 것 같다.

오이치가 양의 어머니에게 가졌던 감정은 친근함보다 더욱 내밀한 감정이었다. 양대기는 모든 일이 일어난 이후에도 결코, 오이치가 어머니를 사랑했다는 사실을, 진실을 인정한 적이 없었다. 오이치가 그 일을 저지른 뒤 북촌 조선인 구역에서 오이치의 범죄 동기에 관한 소문이 돌았다. 오이치 걔가 그래서 그랬다며, 어째서 어쨌다며, 친구들이, 어른들이, 충무로에서 더 이상 살 수 없어 종로로 밀려난 열 살 양대기에게 물었다. 양대기는 사람들에게 항상 같은 대답을 했다.

"아냐. 그냥 미친년이야. 너네들이 생각하는 그런 거 때문에 한 거 아니야. 오이치는 태생이 정신병자인 애였어."

양대기의 어머니는 오이치가 읽어주는 외서의 내용을 곧잘 이해할 정도로 명석했다. 오이치는 양의 어머니가, 모루히네(모르핀)와 아편을 사려고 종로 거리에서 깡통을 들고 구걸하는 조선의 아이들과는 본질적으로 다르다고 여겼다. 그러므로 오이치는 양의 어머니에게 매일같이 카메라를 들이대 셔터를 눌렀다. 어머니에게 예쁜 옷도 맞춰주었고, 점심 이후마다 어머니의 방으로 찾아와 함께 차를 마셨다. 오이치는 차 한 모금을 마시고 어머니에게 매번 이렇게 말했다.

"양, 양은 정말 멋지다. 정말 완벽하다. 정말 환상적이다."

그러면 양의 어머니는, 무언가를 인내하는 듯 어금니를 꽉 깨물며 오이치를 향해 억지로 웃어 보였다. 그녀는 모리 가족의 집에서 하녀로 일하며 아들인 양대기와 함께 살기 위해 오이치를, 그 짓거리를 참았다.

1930년의 양대기는 방 바깥으로 거의 나가지 않았다. 나가도 딱히 할 일이 없었고 아는 사람도 어머니 이외엔 없었기에, 매일 복층에 몸을 숨기고 잠자코 있었다. 대부분 저택 마당에 있는 독특한 소재의 검은 돌로 만들어진 우물 속에 무엇이 있을까 상상하며 시간을 보냈다. 그러다 집안의 모든 사람이 점심 식사를 마치고, 어머니와 오이치가 방으로 들어와 차를 마실 때면 그들의 대화를 엿들었다. 오이치는 차를 마실 때마다 항상 제 생일 이야기를 꺼냈다.

"나는 1906년 4월 28일에 태어났는데. 양의 생일은 언제야?"

어머니가 제 생일이 언제라고 대답했다. 오이치가 손가락으로 빈 컵의 테두리를 문지르는 소리가 났다. 소름 끼치는 마찰음에 양의 목덜미가 시큰해졌다. 어머니가 오이치를 향해 잔이 비었어요, 한 잔 더 마셔요, 하며 주전자를 들고 잔에 차를 따랐다. 양은 항상 오이치가 이렇게 말하는 걸 듣다가 낮잠에 빠졌다.

"숫자 3이야. 양의 생년월일과 내 생년월일을 합치면 숫자 3이 나와. 3은 삼각형, 면, 과거 현재 미래를 의미하며 본질적으로 사랑을 가리켜."

어머니는 생일과 숫자에 관한 오이치의 장광설에 매일같이 그냥 소리 없이 웃고 말았다.

어머니가 짓는 그 무음의 웃음을 진심으로 연모한다고, 오이치는 편지에 썼다. 오이치는 매일 아침마다 어머니와 양대기가 지내는 방 문가에 편지를 두었다. 양대기는 아침에 일어나자마자 오이치의 편지부터 확인했다. 그는 편지를 들고 냄새를 맡았다. 연필의 흑연을 갈아 꽃물에 담근 듯 독특한 향액이 났다. 오이치가 편지에 뿌린 향수 냄새였다. 양대기가 냄새를 삼키며 생각했다. 세상에 향수라는 게 있다니. 부자들은 냄새도 만들어 쓰는구나.

양은 모리 오이치가 어머니에게 써준 편지로 일본어를 배웠다. 오이치의 편지는 양에게 일본어 교습 책이었다. 오이치의 말의 가락과 난이도는 편지의 챕터마다 날짜마다 달라졌다. 첫 번째부터 중간 챕터까지는 사랑과 경의, 감탄의 문장으로 편지지가 빽빽했다. 그런데 날짜가 지나갈수록 오이치의 편지에서 열 살의 양대기가 이해하기 어려운 문장이 나오기 시작했다. 복잡한 문법과 중의법, 도치법, 어쩌면 애초에 틀린 걸지도 모를 문장들. 일부러 오류를 의도한 글. 오이치의 정신 상태를 대변하는 문단들.

양대기의 학구심이 끼어들 수 없는 문장들. 오이치가 해석 불가능한 말을 써 내려갈수록, 양대기가 그토록 부유하다 느꼈던 향수 냄새는 사라졌고, 대신 생선 비린내가 났다.

양의 어머니는 원체 말수가 적었다. 그리고 오이치가 어머니에게 감정적으로, 육체적으로 가까이 다가오자 아예 말을 하지 않기 시작했다. 양의 어머니는 하루아침에 입이 제거된 것마냥 말을 하지 않았다. 어머니는 오이치의 옷을 세탁하지도 않았고 오이치가 어머니를 향해 카메라 셔터를 누르려고 하면 잽싸게 고개를 돌렸다. 하인이 주인에게 할 수 있는 가장 모독적인 행위들. 오이치는 아버지에게 하인의 하극상을 알리지 않았다. 모리 가족의 저택에서는 식사 때 수저가 비뚤어지면 하인들이 종아리를 맞았다. 어머니도 가끔 종아리를 맞았다. 다만 오이치가 갈구하는 소통을 무시해서 모리 가문의 가장에게 종아리를 맞은 건 아니었다.

오이치는 편지지에 향수를 뿌리는 대신 닭과 돼지의 피를 묻혔다. 양대기도, 양의 어머니도 더 이상 아침 편지에 손대지 않았다. 점심 식사를 마치고 어머니와 오이치가 차를 드는 시간은 칼날 같은 시간으로 변모했다. 양은 예전처럼 복층에 누워 노릇노릇 낮잠에 빠질 수 없었다. 두 여자의 무언극. 대화 대신 침만 삼키며 서로에게 겨누는 칼,

칼끝에는 서로에 대한 조롱이 묻었으리라. 조선인을 압박하는 오이치, 제국주의자 일본인을 경멸하는 어머니. 어느 날 침묵에 지친 오이치가 울음 섞인 목소리로 말했다.

"양. 우리 생일을 합치면 숫자 3이 나온다고 했잖아. 기억나지."

어머니는 숫자 3에 관한 오이치의 주장에 한국말로 대답했다.

"이제 제발 그만해."

복층에서 이야기를 듣던 양은 어머니의 대답이 예사롭지 않다는 걸 직감했다. 오이치가 작게 말했다.

"어떻게 양이 내게 그런 말을 할 수 있어."

양의 어머니가 대답했다.

"やめて. 私はあなたを愛していない(그만해, 난 널 사랑하지 않아)."

오이치가 양, 하고 대기의 어머니를 불렀다. 양, 양, 양, 하고 부르는 소리는 점차 날카로워졌다. 오이치가 나가는 소리가 들렸다. 어머니가 복층을 향해 대기야, 하고 외쳤다. 어머니의 다급한 어조를 듣자, 양은 자신이 얼마나 오이치를 증오하고 있는지 알게 되었다. 오이치는 양과 어머니의 삶에 과분할 정도로 영향을 미치는 사람이었다. 마당에서 사람들의 비명 소리가 들렸다. 양은 창문으로 마당을 내려다보았다. 붉은 털을 자랑하는 말 한 마리가 마당 우물 근처를 빙글빙글 돌고 있었다. 양은 양손을 맞잡고 꾹 눌렀다. 내가 궁금해하던 우물은 결국 이렇게……. 손등에 반달 모양으로 피가 났다. 마당을 헤집는 건 말이 아니었다. 양도 잘 알았다. 그건 불길에 휩싸인 오이치였다.

"나와, 대기야. 어서 나와."

어머니가 크게 외쳤다. 양대기는 나갈 수 없었다. 창 바깥 풍경에서 눈을 뗄 수 없었으니까. 온몸에 불을 붙이고 3자, 무한대 형태로 돌고 있는 오이치에게서 눈을 뗄 수 없었으니까. 오이치는 초월적인 힘을 발휘하여, 제게 달라붙는 하녀들과 동생, 아버지를 밀어냈다. 불길이 정원으로, 검은 돌로 만들어진 우물로, 마당에 기이한 모양으로 몸을 꼰 소나무 기둥으로 번졌다. 이어 불길은 오이치 가문이 세운 화미로운 목재 건물을 향해 재빠르게 향했다. 모리 씨네 가족들은 하녀와 일꾼을 버리고 도망쳤다. 양은 훗날 모리 씨네 가족이 강에 빠져 집단 자살했다고 혹은 일본 패망 뒤 하와이로 이민 갔다고 들었다. 누구도 모를 일이지만.

불 깃털은 주인집을 잡아먹은 데 이어 하녀들의 방이 있는 별관으로 빠르게 번졌다. 양은 자기가 있는 복층을 향해 질주하는 불길을 말없이 내려다보았다. 손가락, 발가락

끝에 힘을 주려고 해도 움직이지 않았다. 어머니가 복층으로 올라와 건물 바깥으로 양대기를 밀었다. 양대기는 등유가 축축하게 젖은 흙바닥에 등을 대고 누워서, 복층 창문에 서 있는 어머니를 올려다보았다. 오이치가 어머니가 있는 건물을 향해 힘겹게 걸어갔다. 오이치가 혼잣말했다.

"양, 내가 말했지. 우리는 3이잖아. 삼각형, 데루타. 우리에게 행복한 미래가 찾아올 거야."

오이치의 얼굴은 잉걸로 빼곡했다. 얼굴을 덮은 숯 껍데기 사이로 불씨가 호흡했다. 모리 오이치. 신비주의 수비학에 미친 여자. 숫자와 사랑에 미친 여자. 그가 양의 어머니가 있는 별관으로 향했다. 불이 이웃 주민들 건물에 번졌다.

"헛소리. 미친년이 헛소리하고 있어. 우리 엄마랑 저년이랑 미래를 함께할 리 없어. 웬 헛소리람."

양대기가 가까스로 일어나며 중얼댔다. 사위가 뜨끈했다. 불을 피하려면 저택에서 빠져나가야 했다. 양대기는 살고 싶었기에 달렸다. 북촌까지 맨발로 달렸다. 양대기는 종로에서 땅콩을 파는 삼촌에게로 갔다.

오이치의 방화로 충무로 일본인 구역에 큰 화재가 났다. 신문에서 대서특필했지만 경찰은 사건을 제대로 수사할 의지가 없었다. 일본 정부에서는 충무로에서 일어난 의문의 방화를 미제 사건이라고 종결했다. 곧 일본인 대부분은 방화 주도자가 모리 집안의 장녀 오이치가 아니라 저택에서 일하던 수많은 어머니들 중 한 명이라는 소문을 믿었다. 머지않아 대중 사이에서 방화 사건의 범인이 조선인 하녀라는 걸로 의견이 모아졌다. 이 화재로 누가 살았고 누가 죽었는지는 밝혀진 게 없다. 양대기 어머니의 시신도 오이치의 시신도 발견되지 않았다.

이 사건은 후에 인터넷이 발명된 뒤 1930년에 일어난 경성의 기담 중 하나로 유튜브에 돌아다녔다. 양이 인터넷에 익숙해진 건 2015년경 특정 유튜버에게 후원하기 위해 노인 센터에서 인터넷 사용 강의를 듣고 나서였다. 그는 유튜브 섬네일에 1990년생 백색 말띠 저주의 유래, 1930년에 경성의 한 조선인 하녀가 일으킨 의문의 방화 사건, 이라고 쓰인 걸 슬쩍 본 뒤, 우리 집이네 하고 중얼대다가, 관심 없음 표시를 누르고 휴대전화를 껐다. 전원이 꺼진 휴대전화는 검고 긴 돌 막대기처럼 보였다.

양대기는 스물네 시간 뒤 응급실에서 퇴원했다. 의사는 양이 스트레스와 연기 흡입 때문에 실신했으니 잠자코 집에서 쉬라고 진단했다. 양은 집으로 돌아왔다. 오이치가 불을 지른 곳, 하지만 기어코 양대기가 쟁취한 소중한 그

곳. 그의 서재에는 커다란 창이 나 있었다. 매끈한 창문 앞에는 목재가 아닌 철재로 만든 커다란 캐비닛 책상이 있다. 양대기는 침대에서 요양하는 대신 책상 앞에 앉아 종이와 연필을 꺼냈다. 그는 오이치의 생년월일과 어머니의 생년월일을 종이에 쓰고 더해보았다. 정말 3이 나왔다. 이어『주역』을 꺼내들어 오이치와 어머니의 사주팔자도 살펴보았다. 오이치와 어머니는 1906년 병오년생 말띠였다. 양은 천장을 응시했다. 오후의 빛 그림자가 일렁였다. 그의 머릿속이 바빠졌다. 양손으로 종이를 구겼다.

양. 3은 과거 현재 미래를 가리켜.

1930년, 오이치가 미쳐버린 해는 경오년 말띠 해였다. 평범한 말도 아니었다. 백색 털의 말띠 해였다. 양은 지나치게 흰 나머지 투명하기까지 한 말을 상상해보았다. 아내가 서재 문을 열고 들어왔다. 아들이 왔다고, 그가 양에게 알렸다. 양대기는 숫자 3과 과거 현재 미래에 관한 오이치의 외침이 미래의 누군가에게 하는 말이라는 생각이 들었다. 그 미래의 누군가는 양대기일지도 몰랐다. 그리고 미래가 양대기를 찾아올지도 몰랐다. 양은 내년이 어떤 동물의 해인지 헤아려 보았다. 내년인 1990년은 말띠 해였다. 양은 별 볼 일 없이 무난하게 지나간 말띠 해들은 본능적으로 머릿속에서 삭제한 뒤 1990년이라는 특정 연도에 집중하기 시작했다. 그는 고심하며 거실로 나갔다.

거실에 아들과 며느리가 보였다. 둘은 서로의 자력에 이끌리는 듯 서로 머리를 맞대고 대화하고 있었다. 고요했다. 어린 부부의 대화가 이끌어내는 치찰음만이 침묵을 간지럽혔다. 양은 그들 너머에 앉아 담배에 불을 붙였다. 며느리의 얼굴이 상기되었다. 며느리는 세상이 좋아져서 이젠 아이가 여자인지 남자인지 태어나기도 전에 알 수 있다고 대뜸 말했다. 며느리는 흥분을 가라앉히려는 듯 손에 쥔 검은 조약돌을 잡았다 놓았다 했다. 버르장머리 없게 인사도 없이 제 할 말부터 하는 며느리였다. 양은 며느리도, 며느리가 손바닥 안에서 굴리는 조약돌도 전부 괘씸했다. 며느리가 덧붙였다.

"아버님. 딸이래요. 출산 예정일은 내년 여름이에요. 태몽을 기가 막히게 꿨어요. 흰색 주단처럼 부드러운 털을 가진 유니콘이 아버님 가게 앞에서 달렸어요."

양은 담배 연기를 입 안에 물고 한참 동안 말이 없었다. 거실 바닥에 재가 떨어졌다. 아들이 델몬트 병을 따 주스를 마셨다. 그는 컵 너머 아버지를 바라보며 대답을 기다렸다. 며느리가 콧노래를 흥얼거렸다. 양대기가 나직하게 말했다.

"하얀 유니콘이라."

아들이 말했다.

"우리 애는 무척 예쁠 거예요. 이름은 새롬이로 지을 겁니다. 이름도 예쁘죠."

"으이구. 이름부터 마음에 안 들어. 너네는 하얀 말이 뭘 의미하는지 알고 있니?"

양대기가 아들과 며느리에게 물었다. 아들이 대답했다.

"글쎄요. 행운?"

양대기는 다음 날 충무로 상인회에 가서, 오이치와 말띠, 당장 내년에 도래할 1990년의 상관관계에 관한 자신의 가설을 제시했다. 상인들은 오이치의 저주를 마음에 품고 집에 돌아갔다. 그들은 양대기의 이야기를 심각하게 받아들였다.

머지않아 1990년에 태어날 여자아이들에 관한 소문이 돌았다. 1990년에 태어날 여자아이들은 비정상적일 것이라고, 1990년에 태어날 여자아이들은 온몸에 살인의 기운을 풍기며 가세를 기울게 하기 위해 방화를 저지를 수도 있을 거라고, 1990년생 여자아이들은 배꼽에 탯줄 대신 해악을 달고 세상에 태어날 것이라고, 여자아이들이 친구와 남편을 죽일 거라고, 여자아이들이 사회를 파멸시킬 거라고.

소문은 기정사실이 되어갔다. 1930년과 달리 1989년의 루머는 매체에 의해 견고해졌다. 현대 문명은 이만 헤르츠 이상의 초음파를 감지했다. 병원 진료실에 자리를 잡고선 볼록한 모니터 액정은 포궁 속 태아라는 원시적인 이미지를 드러냈다. 그리고 흑백 모니터 속의 추상적인 형상이 여자아이로 밝혀지는 순간 사회는, 시부모들은, 남자들은, 여자들은, 백색으로 빛나는 불꽃 말을 타고 저택에 불을 지른 미지의 미친년 유령 이미지를 떠올렸다. 만약 방화범과 같은 띠를 가진 여자아이가 태어난다면 그 아이는 무시무시한 일을 저지른 뒤 손에 식칼을 들고 이렇게 말할 수도 있었다.

"날 태어나게 한 건 당신들의 원죄야."

1990년에 태어났어야 했을 손녀들의 이름은 이랬다. 유지현, 이민지, 오영아, 김지안, 고수현, 지혜, 소리, 엄지나, 강은주, 오한별, 현아, 박이현, 새롬이……. 양대기의 이야기를 들은 어떤 상인의 며느리는 죽은 여자아이의 이름을 시아버지에게 결코 말한 적이 없었다. 사장된 이름, 불투명한 비닐봉지 속에 담겨 분리수거된 이름, 높이 솟은 쓰레기 더미를 뒤져도 도무지 나오지 않을 이름들. 수성 펜으로 써 물에 지워진 이름들.

그중 운 좋게 살아남은 여자아이들이 심재이와 예보람이었다. 두 여자아이는 각각 우버 운전사와 고스트 헌터라는 직업을 가지게 되었다.

비슷한 시기 일본, 대만과 싱가포르의 아무개 씨, 또 다른 아무개 씨도 잊고 있었던 잔악한 여자들을 떠올렸다. 그 여자들은 각각 말띠, 호랑이띠였다. 말띠와 호랑이띠 해에 태어날 여자아이들은 모두 과거에 살았던 미친 여자들의 운명을 닮을 것이라고, 그들은 굳게 믿었다.

아무 일도 일어나지 않았던 날들은 기억에서 완벽히 소거한 채.

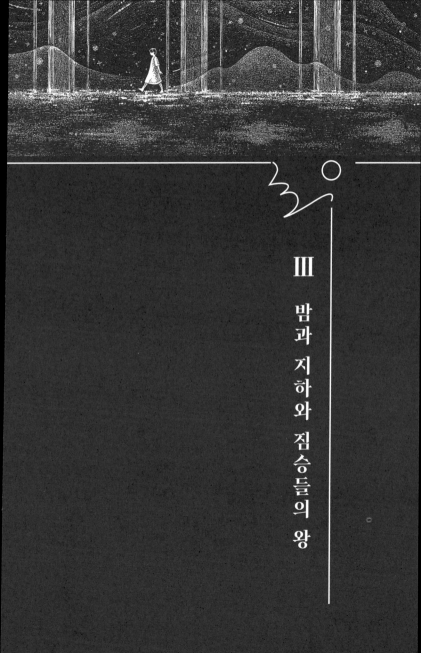

III

밤과 지하와 짐승들의 왕

나는 5번가 방범순찰대의 우두머리다. 금일도 어김없이 저녁 아홉 시부터 열한 시까지 진행된 저녁 순찰을 마치고 식당으로 향했다. 방범순찰대원 5-953이 내게 기가 막히게 싱싱한 가다랑어 한 마리가 식당에 들어왔다고 전했다. 5번가에 거주하는 우리 종족 중 한 마리가 인간이 운영하는 미슐랭 식당에서 가다랑어를 훔쳐왔다는 것이다. 나는 한 해의 마지막 날을 즐기며 가다랑어에 송곳니를 박을 생각에 꼬리를 바짝 세웠다.

나는 서울 중구 충무로 5번가 방범순찰대의 우두머리다.

우리 종족은 중구 충무로 5번가에 걸쳐 거주했고 자원자를 모아 자율 방범순찰대를 구성했다. 여기서 5번가란 서울 중구 충무로 5번가 전체를 이른다. 우리 종족은 5번 가의 시작부터 끝을 이르는 골목과 하수구 안에 거주하며 군주주의를 따르고 있다. 우리를 다스리는 건 왕이다. 하 수구와 골목과 밤을 아우르는 우리의 위대한 왕, 마고. 올 해 인간의 나이로 아흔아홉 살에 들어선 늙고 지혜로운 황제, 마고.

아흔아홉 살의 경이로운 지도자, 마고시여.

노쇠한 육신에도 왕좌에 앉아 우리를 다스리는 경이로 운 지도자, 마고시여.

노화에서 오는 당신의 부동은 오히려 우리에게 경이감 을 심어주시니.

우리 종족에게 나이 듦이란 곧 신성함의 지표이리라.

우리 짐승들의 왕은 인간들의 왕과는 다르다. 우리의 왕 마고는 짐승 시민들을 지배하지 않는다. 속박하지 않는다. 우리에겐 사법제도도 없다. 법원과 형무소도 없다. 마고는 5번가 하수구 끝에 있는 왕좌에 항시 앉아 계실 뿐이다. 식사와 수면 역시 왕좌에서 해결하신다. 왕좌를 떠나는 순 간은 오로지 우리 짐승들의 왕 마고가 영면하실 순간밖에 없을 것이다.

우리 짐승은 삶에 관한 푸념과 망상, 어려움을 호소하 러 하루 종일 왕좌 앞에서 무리를 이루곤 한다. 마고는 언제나 자리를 지키며 우리의 말을 들어주신다. 사실 마고는 우리의 울음소리를 들을 수 없다. 인간이 이해하기 쉽게 바꿔 말하자면 마고는 선천적으로 청각이 손실되어 태어났다. 하지만 우리 짐승과 마고 사이에 소통 문제는 전혀 없다. 우리는 텔레파시로 소통하기 때문이다.

마고만큼 우리들의 상념을 이해해주는 왕은 없다. 마고는 거대하지만 말 없는 귀다. 그렇지만 권력을 남용하거나 독재를 추구하진 않는다.

우리 짐승들에겐 계급이 없다.

단지 역할과 분담이 있을 뿐이다.

5번가의 시작은 한강 입구이고 끝은 충무로 중앙시장·공원 입구다. 강바람과 상인의 입김이 맞닿는 중간 지점에 우리 짐승의 식당이 있다. 위치를 구체적으로 설명하자면 중구 충무로 5번가 11번지 프라이빗 도박 클럽 건물 골목에 난 작은 빗물 창살 안이라고 할 수 있다. 우리 짐승은 동족들이 식당 입구를 찾느라 혼돈에 빠지지 않도록, 빗물 창살 옆에 썩어서 검게 변한 제라늄 화분을 놓았다. 내가 방범순찰대에 들어갈 무렵만 해도 제라늄의 색은 맑은 마젠타였다.

우리 짐승들이 거주하는 5번가는 서울에서 집값이 높은 구역이며 행사의 중심지다. 특히 가다랑어 짚불고기로 유명한 파인 다이닝 식당이 몰려 있는 구역은, 가다랑어 레스토랑 구역이라 명명되어 『론리 플래닛』과 『타임아웃』에 실리기도 했다. 나는 인간들 사이에서 고급 지역으로 통하는 5번가 방범순찰대 대장이라는 걸 자랑스럽게 여겨야 하나 궁금해하며 자랐다. 인간의 기준을 적용하면 충분히 자랑스러워할 수 있겠지. 하지만 나는 인간이 아니라 고양이다.

2084년 12월 31일, 밤 열한 시 십 분이다. 연말의 발작적인 분위기와 습기와 알래스카 북풍이 5번가 전체에 맴돌았다. 크리스마스를 막 지나보낸 인간들은 희망에 차 웃었고 울었고 환호했고 절망했다. 나는 그런 인간들 사이를 비집고 5번가 초입에 들어섰다. 식당을 향하여 꼬리를 바짝 세운 포즈로 당당하게. 인간들이 함성을 지르며 내게 달려왔다. 겨울바람에 입이 언 여러 명의 인간이 나를 향해 웅얼거렸다.

"맙소사. 귀여운 고양이야."

"새해를 앞두고 고양이를 보다니 재수 없군."

"나비야. 어디를 가니."

"만지지 마. 저 더러운 고양이의 등을 보렴. 비듬이 하얗게 내려앉았잖아."

"지저분해도 귀여운 건 사실이야. 인정하라고."

5번가에서는 새해 전야제 행사가 열리는 중이었다. 행사 때문에 인산인해였기에 내 발걸음 역시 지체될 수밖에 없었다. 나는 서로 손깍지를 끼고 두툼하게 뭉쳐 다니는 인간들의 다리 사이를 빠르게 뛰었다. 내가 파고든 다리 중에는 진짜 '인간'의 것도 있었는가 하면, '유령'의 것도 있었다. 다만 우리 짐승은 그 존재가 '유령'이라는 걸 대번에 알았지만 인간들은 몰랐다.

인간들이여. 당신들은 도대체 무얼 아는가.

아는 게 있는가.

우리 고양이들은 유령을 본다. 매일 본다. 우리가 유령과 인간을 구분하는 방법은 꼬리뼈에 감도는 진동을 통해서다. 나는 매일매일 커다란 우퍼 스피커 위에 앉아 있는 것처럼 진동과 주파수를 느끼며 살고 있다. 특히 오늘은 걷는 내내 엉덩이에서 진동이 왔다.

인간들 사이를 요리조리 피해 걷다 보니 평소보다 걸음이 느렸다. 나는 아직도 5번가 초입에서 헤맸다. 인간들이 너무 많아 불쾌했기에 잠시간 그들에게서 멀어질 필요가 있었다. 나는 세븐일레븐 앞에 있는 플라스틱 의자에 올라갔다. 엎드리는 자세를 잡으려는데 내 꼬리가 저절로 치켜 솟으며 지르르 떨렸다. 하늘을 올려다보았다. 날이 날인 만큼 기가 막히게 유령이 많았다. 얼마나 많은지 셀 수 없을 정도였다. 빽빽하게 하늘을 채운 유령이 서로 부딪혔다. 서로의 멱살을 잡고 싸우기도 했다. 몇몇은 굴뚝 속으로 빨려 들어갔다.

5번가는 평소에도 유령의 집합소였다. 5번가 고양이 도시 전설을 묶은 고양이들의 필수 고전 도서인 『서울시 중구 충무로 5번가 지하 도로에 자리 잡은 고양이들의 구전 설화 모음집』에 따르면 구십사 년 전의 5번가는 각종 병원이 몰린 구역으로 유명했다고 한다. 구십사 년 전이라, 1990년이라니. 평균수명이 이십 년에 불과한 고양이인 내겐 참 까마득한 시절이기도 하지. 하지만 1990년 역시 2080년대인 지금과 다를 바 없이 야만적인 세계라고, 『서울시 중구 충무로 5번가 지하 도로에 자리 잡은 고양이들의 구전 설화 모음집』에 쓰였다. 맞는 말이라고 본다.

나는 플라스틱 의자에서 내려와 다시 걸었다. 몸에 알코올을 잔뜩 머금은 인간 두 명이 굉장히 불쾌한 손짓으로 내 등을 만졌기 때문이다. 그 끈적끈적한 손짓이라니 토악질이 나올 지경이었다. 나는 등의 털을 바짝 세운 상태로 편의점을 떠나 국립도박장, 전자제품 AS센터, 김치찌개 집과 간편식 전문점을 지났다. 이런, 이런. 간편식 전문점까지밖에 오지 않았다니. 난 아직도 5번가 초입에서 수많은 인간 사이를 찔끔찔끔 헤쳐 나가고 있었다. 젠장, 한참 걸어야 하는군. 이래서 내가 빌어먹을 새해 전야를 싫어한단 말이지. 난 공중에 대고 하악질했다. 젠장, 젠장.

간편식 전문점을 지나면 구십 년 전에는 규모가 대단했다고 알려진 장례식장이 등장했다. 장례식장은 항상 비어 있었고 인간들 사이에서 폐가라 불렸다. 오늘은 달랐다. 장례식장 입구에서부터 옥상, 굴뚝까지 유령이 아글아글 몰렸다. 목이 부러진, 다리가 없는, 사지가 절단된, 얼굴 골조의 절반이 드러난, 몸통만 남은 유령들.

전부 아기 유령들.

인간들이 새해 이브를 맞아 5번가에 몰리는 것처럼 유령-아기들도 새해 전야에 가장 많이 등장했다. 당연한 이치였다. 행사와 불꽃놀이, 퍼레이드 자동차와 환호성이 있는 곳에는 유령이 몰린다. 장례식장 정문을 따라 유령-아기들이 기어 나왔다. 네발 혹은 두 발, 그것도 아니면 턱으로 기어 다니는 유령-아기들이 밍크 털과 여우 목도리로 무장한(2080년대에는 동물 가죽으로 만든 패션 아이템이 다시 유행하고 있다. 책에서 읽었던 1990년과 다를 것이 없는 현재라니) 인간들의 굵거나 혹은 가는 다리 사이를 기어 다녔다.

이어 유령-아기들은 차도로 향했다. 전기차들이 빕―빕―빕― 경적을 울리며 도로를 달렸다. 한 전기차가 유령-아기의 몸통을 짓누르며 질주했다. 유령-아기들은 이미 죽었지만 또다시 차에 치여 두 번째, 세 번째, 다섯 번째, 열 번째로 죽었다. 자정이 가까워질수록 차도를 장악한 유령-아기들의 머릿수가 많아졌다. 운전석에 앉은 인간들은 자신들이 자동차 바퀴로 무얼 밟는지도 모른 채 경적 버튼을 눌렀다. 조수석에 앉은 인간은 새해 전야제의 기쁨이 묻은 감자칩을 입에 넣는 중이었다. 유령-아기들은 재차 죽고 귀신이 되기를 반복했다.

유령-아기들이 그만 죽었으면 좋겠다.

나는 장례식장 건물을 재빨리 지나쳤다. 숨이 턱까지 오를 정도로 달려 5번가의 그 유명한 가다랑어 레스토랑 거리에 닿기를 바랐다. 몇 분 뒤 가다랑어 레스토랑 거리에 도착했지만 나의 바람은 이루어지지 않았다. 유령-아기들은 사라지지 않았다. 오히려 장례식장 거리보다 머릿수가 더욱 많았다. 인도와 도로에 온통 유령-아기 천지였다.

알래스카 한파의 따가움에도 불구하고 레스토랑 노천 테이블에는 많은 인간이 앉아 있었다. 인간들은 얼어붙은 가다랑어 짚불고기를 먹기 위해 손을 덜덜 떨며 포크를 들었다. 추위와 안면마비에도 불구하고 한 해의 마지막 식사를 즐기려는 인간들이 참으로 한심했다. 이런 날씨에 저렇게 먹고 놀아야 하나? 국가는 새해 전야제 행사를 위해 레스토랑 거리와 맞닿은 자동차 도로를 전면 통제했다. 도로에 거대한 무대와 조명, 형광 풍선이 들어섰다. 무대에 오른 가수가 오묘한 춤을 추며 노래를 부르고 있었다. 추위에 가수의 얼굴이 파랬다.

노천의 한 테이블 위로 하지가 마비된 유령-아기가 올라갔다. 유령-아기는 유전자 조작 거대 가다랑어를 향해 포크를 들이대는 남자의 손가락이 공갈 젖꼭지인 양 집요하게 빨았다. 남자는 처음 느껴보는 기이한 간지러움에 손가락을 움찔거렸다. 선천적으로 눈을 네 개 달고 태어난 어느 유령-아기는 레스토랑 건물을 지나 자기 눈만큼이나 많은 렌즈가 달린 공연 조명등 위에 올라가 전깃줄을 씹었다. 전기선이 터지며 유령-아기 역시 감전당했다. 아이는 감전당한 모습 그대로 다시 다른 전깃줄을 향해 기어갔다. 가수는 전기가 나간 줄도 모르고 무대 위에서 춤과 노래를 이어갔다. 추위에 코와 이마 피부가 쩍쩍 갈라진 수리공이 공연 조명을 고치기 위해 횡단보도를 가로질러 달렸다. 수리공이 욕하는 소리가 들렸다. 나는 유령-아기들이 반복적으로 다치는 모습을 지켜보기 힘들었다.

고양이 종족이 유령과 소통하는 방법은 그들의 이름을 세 번 부르는 것이다.

유령들, 유령들, 유령들.

아기들아, 아기들아, 아기들아.

나는 발에 차이는 유령-아기들을 향해 높은 소리로 울었다.

"아기들, 아기들, 아기들아. 네 이름이 뭐니."

들창코를 한 유령-아기와 머리가 세로로 잘린 유령-아기가 나를 올려다보았다. 머리 잘린 유령-아기가 말했다.

"새롬이."

내가 말했다.

"오늘은 길가에 나오지 말거라, 새롬이를 비롯한 아기 유령아. 아기 유령아. 아기 유령아. 연말이라 큰 행사가 열린다고 하는구나. 너희들은 환풍구에, 퍼레이드 차량이 배기가스를 뿜는 부분에 빨려 들어갈 거야. 두 번 죽을 거야. 너희들은 두 번 죽고 싶니?"

유령-아기들이 울음을 터뜨렸다.

식당에 가까워질수록 새해 전야제 분위기가 짙어졌다. 나는 그저 숫자 세기에 불과한(도대체 2084 다음이 2085라는 것이 왜 그토록 중요한 건지?) 인간들의 습성을 비웃으며 계속해서 5번가를 달렸다. 곧 5번가에서 가장 유명한 백화점 근처에 다다랐다. 인간이 만든 건물 중 내가 제일 좋아하는 게 백화점이었다. 백화점 근처에 우리 고양이들의 식당이 있기 때문이다. 하지만 오늘만큼은 백화점이 싫었다.

인간들이 너무 많아 내가 감당할 수 없을 수준이었다.

백화점 옥상부터 일 층까지 길고 매끈한 플래카드가 걸렸다. 플래카드에 따르면 2085년은 뱀의 해라고 한다. 플래카드 옆으로 뱀 모양을 본떠 만든 거대 풍선이 구불구불한 몸을 하고 도로 사이를 기었고 종종, 유령-아기를 깔고 지나갔다. 장식 전구들로 치장된 거대한 앰프에서 포스트-엠비언트-컨템포러리-프로그-리바이벌 뮤직이 크게 흘러나왔다. 나는 음악의 음률과 행사장에 설치된 조명이 내뿜는 발광다이오드 빛과 유령-아기들의 불투명한 영혼들이 한데 꼬여 환풍기 구멍으로 빨려 들어가는 모습을 보았다.

엉망진창이었다.

나는 음악과 조명과 풍선 조형물과 인간 때문에 혼란스러워 잠시간 움직일 수 없었다. 도무지 어느 방향으로 가야 할지 감이 잡히지 않았다. 나는 군중 사이에 가만히 서서 진정하려고 애썼다. 방향감각이 돌아올 때쯤 내 앞에 한 남자가 나타났다. 그는 저렴한 퓌레 간식을 흔들며 혀짧은 소리를 냈다. 나는 그가 괘씸해서 입으로 파우치를 물고 집어던졌다. 내가 그 남자를 지나치자 그가 뱀 모양 풍선을 가리키며 말했다.

"2085년은 뱀의 해래. 고양이의 해가 왜 없는 건지 이해가 가는군. 저 짐승은 정말이지 저주받았지 뭐야."

나는 항상 왜 고양이의 해가 없는지 궁금했다. 정말 우리가 저주받았기 때문에 해를 부여받지 못했단 말이야?

왜 바퀴벌레의 해는 없을까.

왜 도시 쥐의 해는 없을까.

왜 두더지 땃쥐의 해는 없을까.

인간들은 왜 개에게만 특권을 줄까.

거대 뱀 풍선 모형 뒤로 퍼레이드 차량이 등장했다. 차량은 19세기경에 인간들이 이동 수단으로 이용했다는 '마차'의 모양을 흉내 낸 모습이었다. 퍼레이드 차량에는 장씨 로열패밀리, 즉 장씨 부부와 그들이 낳은 아홉 명의 쌍둥이가 탔다. 장씨 로열패밀리는 퍼레이드 차량에서 다소 높은 위치에 있었으므로 필연적으로 군중을 내려다보아야 했다. 군중은 그들을 보기 위해 목덜미가 뻐근할 정도로 고개를 치켜들어야 했다.

장씨 로열패밀리는 처음에는 한 손만 흔들다가 이내 흥겨워 양손을 뻗고 제자리에서 뜀박질했다. 아홉 명이나 되는 아이들이 어찌나 귀여운지 시민들은 기본적인 상식마저 잊은 듯했다. 시민들은 장씨 로열패밀리를 향해 환호성을 질렀고 환호는 이내 비명, 발작, 광기로 이어졌다. 많은 수의 인간이 장씨 아이들을 보고 눈물을 흘렸다. 그들의 눈물이 알래스카 한파에 금방 고드름 모양으로 얼었다.

2084년의 한국은 우리처럼 군주주의를 고수했다. 아니, 우리 짐승의 관점에서 보자면 인간의 정치 체계는 군주주의라기보다는 왕정 독재에 가까웠다. 장씨 가문이 육십 년 간 왕좌를 장악했으니 말이다. 장씨 가문은 다산으로 유명했다. 한국에서 다산은 권력이었다. 권력자는 왕위에 오른다. 다산하는 사람은 희귀종이었다. 희귀종은 상징성이 충만했다. 한국 국민은 장씨 가문의 어린 부부가 아이를 키우고 스위스의 사립학교에 아이들을 입학시키고 종국에는 부를 물려주는 예능을 즐겨보며 욕했고 울었으며 선망했다. 시청률 팔십 퍼센트의 기적은 왕정복고 투표율 팔십 퍼센트의 기적으로 이어졌다. 투표 결과는 한국 국민의 팔십 퍼센트가 왕정복고 찬성.

새해 전야제 퍼레이드 차량에 오른 건 장씨 로열패밀리의 어린 부부였다. 그들은 아홉 명의 쌍둥이 아들을 낳았다. 쌍둥이의 엄마는 아이들을 낳은 뒤 하체를 절단해야 했다. 시민들은 기계로 대체된 쌍둥이 엄마의 하체에 관해 짓궂은 인터넷 댓글을 남기곤 했다.

퍼레이드 차량이 인간들 사이로 천천히 이동했다. 군중이 소리를 지르며 퍼레이드 차량에 돌진하는 바람에 나는 도무지 편한 걸음으로 식당에 갈 수 없었다. 가다랑어 한 마리 먹기가 이토록 힘들다니. 하지만 그러려니 하는 게 상책이었다. 나의 선조 고양이들이 이르기를 지난 세기 동안 한국 역사의 모든 흐름이 그런 식이었다고 한다. 그리고 그런 흐름을 인류의 발전이라 칭한다고 했다. 별다른 취미와 생의 낙이 없는 시민들은 무료 행사를 핑계로 우와—우와— 소리를 지르며 거리로 뛰쳐나왔다고 했다. 월드컵과 올림픽이 개최되면 또다시 우와—우와— 외치며 거리로 뛰쳐나왔다고 했다. 대형 가수의 자선 콘서트와 황제 즉위식 때도 마찬가지로 우와—우와— 하며 거리로 뛰쳐나왔다고 했다.

2084년 마지막 날의 인간들도 똑같았다. 인간들은 퍼레이드 차량 상석에 앉아 가정적 이미지의 막을 두른 장씨로열패밀리를 향해 우와—우와— 달려들었다. 오십여 명의 사람들이 동시에 퍼레이드 차량으로 뛰어들었다. 마치 지진이 일어나는 듯했다.

우와.

우와.

한국의 빈곤율은 팔십 퍼센트에 육박했다. 시민들이 반년간 저축한 돈으로 암표를 구하지 않아도 되는, 무료로 관람할 수 있는 이벤트 중 하나가 연말 무료 퍼레이드였다. 인간들에게 무료 퍼레이드란 남과 스스로를 해하며 달려들 가치가 있는 행사였다. 인간들은 귀한 황금 탯줄을 잡고 타고난 왕족의 아기들을 보기 위해 서로 밀쳤다. 싸웠다.

우와.

우와.

나는 인간들 사이를 피해 뛰었다. 나는 단지 식당에 가고 싶은 고양이일 뿐이다. 삶과 죽음의 문제는 인간들, 당신들이 해결하라고. 제발. 숨이 턱까지 차올랐다. 그때 퍼레이드 차량을 보려고 모인 인간들 사이로 요제피네를 보았다.

요제피네는 3번가를 관장하는 쥐들의 왕이다. 요제피네를 비롯한 짐승 종족의 수장들은 바깥세상에 당신의 모습을 좀체 드러내지 않는 편이었다. 오히려 자기 모습을 종족들에게서 은폐함으로써 짐승 시민들의 상상력을 먹고 자랐다. 1번가 바퀴벌레들의 왕, 2번가 개들의 왕, 4번가 두더지 땃쥐들의 왕, 우리 지대인 5번가 고양이들의 왕 모두 그랬다. 우리 짐승이 지키는 암묵적인 규칙은 항시 왕에 대해 언급하지 말라, 였다. 왕의 현존은 우리가 알고 있어도 굳이 입 밖으로 내뱉지 않는 도덕률과도 같았다.

그러므로 나는 5번가 군중 한가운데 자리를 잡고 선 요제피네의 존재를 이해할 수 없었다.

더럽고 불결한 쥐 족속들의 왕, 요제피네의 등장을.

솔직히 말하자면 나는 쥐새끼들을 혐오했다. 쥐새끼들이 무리 지어 지나가는 걸 볼 때면 녀석들의 목덜미를 물고 숨이 끊어질 때까지 던지며 장난치고 싶었다. 하지만 그럴 수 없었다. 나는 쥐새끼들 앞에서 날카롭게 솟아나는 나의 발톱을 조용히 집어넣어야 했다.

중구 충무로 지하 세계의 질서를 위해 쥐와 고양이와 두더지 땃쥐와 바퀴벌레와 개의 왕이 모여 했던 전설적인 맹세 때문이었다. 중구 충무로 지상·지하 세계의 모든 짐승은 서로를 보고 폭력적인 충동이 들더라도 자제하기로 약속했다. 서로 공격하지 않기, 존중하기, 만나면 간단한 안부라도 묻기, 싫지만 서로 친구라고 생각하기. 그렇게 생활하며 중구 충무로에 영구적으로 공존하자는 것이 우리 맹세의 핵심이었다. 우리 짐승 족속들은 어쨌거나 인간들이 일구어낸 지역을 빌려서 거주하고 있었기에 굳이 쌈박질이나 소란을 벌여 이목을 살 필요가 없었다.

우리 짐승은 도덕률을 준수한다.

나는 십오 년간 고양이 방범순찰대로 일하며 매일 저녁 5번가 백화점 벽면에 홀로그램으로 띄워진 뉴스를 읽었다. 뉴스에 따라 내가 내린 결론이 하나 있다. 인간에게 도덕이란 우리 짐승에게처럼 지켜야 할 규율이 아닌, 상대방을 비난하기 위한 도구 그 이상도 이하도 아니라는 것이었다. 우리 짐승은 혐오스러운 인간들과는 탄생부터 달랐기에 우리의 맹세를 지키며 평화를 유지해왔다.

그나저나 요제피네가 5번가에 나타난 이유는 무엇일까.

5번가에 나타난 요제피네는 언제나 그랬듯 흑색 선글라스를 썼다. 그는 제 키만큼이나 기다란 접이식 시각장애인용 지팡이로 5번가 바닥을 더듬고 있었다. 퍼레이드 차량으로 가까이 가려는 인간들이 요제피네를 팔꿈치로 쳤다. 요제피네는 난장 사이에서도 고요함을 지키며 올바른 자세로 곧추서 있었다. 나는 요제피네를 보면 블랙 컨트리 뉴 로드의 〈선글라스〉라는 노래가 떠올랐다. 보컬은 이렇게 노래했다. 선글라스를 써서 눈을 가리면, 다른 사람들은 결코 그 사람의 감정을 이해할 수 없다고. 그러니 선글라스를 쓴 사람들은 무적의 에너지를 발산한다고. 선글라스 렌즈로 눈을 가린 요제피네는 무적의 기운을 내뱉었다. 그런 존재만이 한 짐승 종족의 정신적 지주가 될 수 있으리라.

나는 요제피네를 향해 고개를 바짝 세우고 인간들의 영역을 초월한 울음소리를 내뱉었다. 요제피네는 시각장애인용 지팡이를 허공에 더듬대며 나의 음역을 느끼려고 노력했다. 나의 음역을 파악한 요제피네가 선글라스를 벗었다. 검은 렌즈에 가렸던 요제피네의 잿빛 동공이 드러났다. 쥐 족속들에게 전해지는 전설이 이르기를 요제피네는 태어날 때부터 앞을 볼 수 없다고 했다. 하지만 요제피네는 시각 대신 손끝 지문으로 발톱으로 혓바닥으로 사물의 외연과 영혼을 관측할 수 있었다. 요제피네는 우리 짐승들보다 더욱 초월적인 감각을 타고난 것이다. 쥐 족속들의 위대한 왕, 요제피네는 망막으로 세상을 볼 수 없었지만 다른 감각을 이용하여 누구보다도 더욱 세상을 명확히 관찰할 수 있다.

요제피네가 나를 향해 입술을 동그랗게 말아 특정한 리듬이 실린 휘파람을 불었다. 쥐들은 휘파람으로 소통했다. 나는 쥐들이 모국어로 사용하는 휘파람의 내용을 판독하기 위해 수염을 바짝 세웠다. 내가 휘파람 메시지의 뜻 일부를 해석해냈을 때, 위대하시고 고매한 요제피네는 이미 5번가 거리에서 사라진 상태였다.

요제피네가 사라진 뒤 퍼레이드 차량 꼭대기를 중심으로 허공에 커다란 크기의 홀로그램이 등장했다. 장씨 로열 패밀리 부부와 아홉 명의 쌍둥이가 흥미로운 얼굴로 홀로그램을 살폈다. 시민들도 홀로그램 쪽으로 턱을 들었다.

홀로그램은 오로라 빛을 머금고 무정형의 상태로 방황하다 자그마한 콩알의 모습으로 변했다. 곧 콩알 껍질이 벗겨지고 싹이 돋았다. 홀로그램 싹이 서서히 성장해 태아의 형태로 변모했다. 태아가 점점 커지더니 기이한 아우라를 뿜내며 웃음 짓는 어린아이의 모습으로 완성되었다. 홀로 차일드였다. 홀로 차일드는 5번가에 빽빽하게 모인 시민들을 내려다보며 웃음 지었다. 빈틈밖에 없는 웃음. 의미 없는 웃음. 가짜 웃음. 홀로 차일드 근처로 드론 여러 대가 등장했다. 드론들이 나선형으로 비행하며 반짝이는 무지개색 글자를 만들었다.

우리는 미래를 품은 아이들.

"나는 저런 아이를 원해."

홀로 차일드를 보던 한 여자가 머리카락을 귀 뒤로 넘기며 말했다. 여자의 남편이 시선의 중심을 홀로 차일드에서 아내에게로 옮겼다. 남편은 아내의 머리통을 부드럽고 애정이 섞인 손길로 쓰다듬었다. 나는 부부 한 쌍이 발산하는 페로몬 냄새에 코가 멀어갈 지경이었다. 남자가 여자를 향해 덧붙였다.

"달링. 나도 저런 아이를 원해. 우리의 유전자를 물려받은 건강한 아이를 원해."

지금의 한국에서 출산이란 소수의 부류만 가능한 발상이었다. 2080년대 한국에서 출생이란, 국가가 그리는 명확한 혈족의 형태를 한 커플들만이 그릴 수 있는 미래 계획이었다. 국가가 그리는 혈족의 형태는 이랬다. 이성애자인 부모, 남성과 여성이라는 명확한 성별을 가진 자녀 둘 (기왕이면 아들과 딸).

국가가 원하는 아이들의 조건은 이랬다. 사지가 제대로 붙어 있고 시력 최상, 냄새를 맡는 데 지장이 없는 후각, 온전한 촉각을 보존한 어린이. ADHD와 유아 우울증, 자폐, 언어장애, 학습장애, 발달장애, 거짓말과 가출, 도둑질과 필로폰과 펜타닐에서 안전한, 정신이 건강한 어린이. 미래의 일꾼이 될 의지가 있으며 노인을 부양할 단단한 어깨를 가진 어린이. 주민등록증 뒷면에 남길 지문 도장을 찍는 데 전혀 문제가 없는 어린이.

나는 이상적인 이성애자 혈족 무리 옆에 고요히 서서, '우리는-미래를-품은-아이들'이라고 드론이 만든 글자를 하나하나씩 천천히 읽어보았다.

아이들.

요제피네가 내게 휘파람으로서 전달한 메시지의 문장에도 '아이'와 비슷한 단어가 있었다. 나는 하나의 총체적인 버섯 덩어리처럼 부풀어 오른 인간 군상들과 버섯 표면에 점처럼 찍힌 왕족들과 불투명한 기체의 모습을 한 유령-아기들 사이를 걸어가며 메시지의 뜻에 관해 추측해보았다. 휘파람은 나의 언어가 아니었기 때문에 해석에 시간이 걸렸다.

요제피네의 휘파람은 무엇을 은유한 것이었을까. 아이라. 아이가 어쨌다는 걸까. 아마 긴 문장은 아닐 것이다. 우리 짐승의 지도자는 인간처럼 불필요하게 문장을 늘여 말하는 법이 없었다. 요제피네도 마찬가지일 것이다. 나는 홀로 차일드를 바라보다 문득 메시지 판독을 마쳤다. 요제피네가 휘파람으로 분 메시지는 '중립지대 하수구에 인간 신생아 등장'이었다. 등골을 따라 소름이 돋았다.

홀로 차일드가 사라지자 퍼레이드 차량이 천천히 움직였다. 차량 난간으로 아홉 명의 쌍둥이 중 막내가 다가와 섰다. 아홉 살 소년. 백사십 센티미터의 키, 체중은 삼십이 킬로그램, 정확한 인지능력, 말을 더듬지 않음. 소년은 난간에 턱을 괴고 어깨를 으쓱였다. 그는 어린아이들 특유의 즐거움을 누리는 얼굴을 하느라 볼이 빵빵하게 불어났다. 잘 익은 사과 같은 소년의 볼.

우와.

우와.

인간들이 아이를 영접하기 위하여 퍼레이드 마차를 향해 달렸다. 부모와 함께 구경 나온 어린이 몇 명이 삽시간에 몰린 군중의 워커에 짓밟혔다. 무언가 터지는 소리에 이어 부모가 절규했다. 알래스카 북풍이 만든 서리가 쓰러진 아이들의 터진 뒤통수에 내려앉았다. 어린이들의 갈라진 머리통 사이로 영혼이 된 유령-어린이들의 이미지가 새어 나왔다. 삶과 죽음이 갈마드는 무료 퍼레이드. 영혼의 음표가 무한대 표시로 움직이는 곳. 나는 유령-어린이들을 향해 수염을 내리깔고 애도의 뜻을 표했다. 유령-어린이들의 어깨 너머로 썩은 제라늄 화분과 빗물 창살이 보였다. 식당에 도착한 것이다.

나는 식당 입구에서 텔레파시로 방범순찰대에서 가장 민첩하고 믿을 만한 두 마리의 고양이를 소집했다. 나는 시든 제라늄 꽃잎을 하릴없이 씹으며 대원들을 기다렸다. 십 분이 지나자 방범순찰대원 5-953, 5-777이 도착했다. 우리는 서로 이마를 부딪치고 항문 냄새를 맡았다. 검은 고양이인 5-953은 바퀴벌레 방범순찰대장 C-283에게서 나와 같은 내용의 보고를 받았다고 말했다. 5-777 역시 두더지 땃쥐 방범순찰대장 M-466에게서 나와 같은 내용의 보고를 받았다고 했다. 우리 셋이 받은 메시지는 동일했다.

'중립지대 하수구에 인간 신생아 등장.'

방범순찰대 중 가장 연장자인 5-777이 내게 말했다. 5-777은 샴과 브리티시 쇼트헤어의 혈통을 타고났으며 올해 서른여덟 살이 된, 고양이로서는 드물게 장수한 노묘였다.

"대장님. 긴급 상황이 분명합니다. 어서 중립지대로 향해야 합니다. '중립지대 하수구에 인간 신생아 등장'이라는 메시지는 고양이들에게만 전해진 것이 아닙니다. 모든 짐승이 같은 메시지를 받았습니다."

충무로에 거주하는 바퀴벌레와 쥐, 고양이와 개 들은 서로에게 같은 메시지를 전하고 있었다. 5-777의 이야기를 듣자 나의 이마로 찌르는 듯한 통증이 왔다. 5-953과 5-777도 나와 같은 고통을 느끼는 듯 앞발로 이마를 쓸어넘겼다. 5-777이 혀로 코를 핥으며 말했다.

"방범순찰대장님은 아마 처음 느끼는 고통일 겁니다."

"영감님. 이건 무슨 고통입니까?"

5-777이 혓바닥으로 내 이마를 핥은 뒤 대답했다.

"이마의 통증은 짐승들의 공통적인 불안 신호입니다. 인간에게는 없는 짐승들만의 감각이랄까. 갑자기 이마가 찌르듯 아프면 무언가 아주 중요하고 위험한 상황이 일어났다는 거지요."

나와 5-777, 5-953은 지체할 이유가 없었다. 우리 고양이들은 프라이빗 도박 클럽 건물의 벽을 타고 올랐다. 도박 클럽 건물 옥상으로 올라가 전속력으로 뛰었다. 중립지대 하수구는 5번가의 끝인 충무로 중앙시장·공원 근처에 있었기에 조금만 달리면 도착할 수 있었다.

검은 하늘에 폭죽 불꽃이 터졌다. 나는 건너편 건물 난간 사다리를 향해 뛰었다. 사다리를 따라 옥상으로 오르니 샴쌍둥이 유령-아기 형제가 옥상 테라스에 앉아 퍼레이드와 불꽃놀이를 감상하는 게 보였다. 꼬리뼈에서 진동이 울렸다. 나는 호흡을 가다듬고 샴쌍둥이를 향해 울었다. 샴쌍둥이가 고개를 돌려 나를 응시했다. 샴쌍둥이 유령-아기 형제가 내게 시선을 고정한 상태로 한 지점을 가리켰다. 샴쌍둥이 유령-아기 형제가 가리킨 장소는 중립지대 하수구였다. 나는 혼잣말했다.

"아기라니, 중립지대에 아기가 나타났다니. 유령-아기들은 이미 이곳에 있는데 어떤 아기가 나타났다는 건지 이해가 안 가네. 도무지 이해가 안 가."

5-953이 시간을 지체하는 나를 향해 조바심을 내며 울부짖었다. 5-953의 모습 뒤로 옆 건물 옥상에 구경 나온 어른들이 각자 휴대용 불꽃놀이 막대인 스파클라를 들고 라이터로 불을 붙이는 광경이 보였다. 곧 자정이 다가올 것이다. 자정이 되면 어른들은 양손에 스파클라를 들고 발광하듯 소리를 지르겠지. 기뻐하겠지. 5-953과 5-777은 이미 옆 건물 옥상에 도착한 뒤였다. 나는 그들을 따라 옆 건물로 뛰었다. 내가 옥상에 전야제를 보러 구경 나온 인간

들의 다리 사이를 가로지르자 그들이 말했다.

"고양이다. 짜증나. 왜 하필이면 지금 고양이를 본 거야. 내년엔 좆도 운이 없겠네."

내게 푸념한 남자가 든 불꽃놀이 막대에서 노란 스파클이 튀었다. 내 동공이 스파클을 담았다. 우리 고양이 셋은 옥박지르는 인간들을 무시하고 달렸다. 다음 건물을 뛰어넘었다. 그다음 건물도 뛰어넘었다. 그다음, 그다음……. 우리는 중립지대 하수구에 도착했다. 내 시야는 아직도 스파클 때문에 어질어질한 채였다.

우리 짐승은 중구 충무로를 총 다섯 개의 구역으로 나누어 생활했다. 고양이와 바퀴벌레, 쥐와 두더지 땃쥐, 개가 각자 한 구역씩 나누어 가져 독립적으로 살아갔다. 각 구역의 짐승들은 각자의 지도자와 함께 거주했다. 우리 짐승들이 아무리 구역을 집요하게 나누었다고 할지라도 사각지대가 있을 수밖에 없었다. 요제피네를 필두로 짐승 족속들에게 퍼진 메시지에 등장하는 중립지대 하수구가 바로 그곳이었다. 앞서 언급했듯 사각지대는 5번가 끝, 충무로 중앙시장·공원과 가까운 곳에 있었다. 그곳은 가로세로 이미터 가량의 지대로, 한가운데엔 하수구 맨홀 뚜껑이 있었다. 우린 단순하게 그곳을 중립지대 하수구라 칭했다.

중립지대 하수구는 인간들의 시야에서도 벗어난 후미

지고 빈곤한 공간이었다. 서울시 미화관리부에서는 사각지대의 맨홀 뚜껑을 청소하기 위한 인력을 결코 파견하지 않았다. 서울시 중구 충무로 공공 데이터 포털에도 사각지대의 맨홀은 기록되어 있지 않았다.

인간들이 외면하는 공간. 2084년에서 2085년으로 넘어가는 경계에 선 시간대를 축복하기 위해 터뜨린 폭죽 불꽃의 그림자조차 닿지 않는 곳. 가장자리가 갈색으로 변한 더러운, 사각지대의 맨홀 뚜껑.

중립지대 하수구에는 우리 고양이 방범순찰대 이외에도 고양이 시민, 바퀴벌레 시민과 개 시민, 쥐 시민, 심지어 경기도에서부터 달려온 다람쥐와 돼지, 비둘기와 청설모까지 모였다. 나는 두 발로 서 보았지만 짐승 시민들이 하도 많은 탓에 도무지 맨홀 뚜껑을 볼 수 없었다. 내가 참다못해 소리쳤다.

"짐승 여러분. 도대체 무슨 일입니까?"

개, 쥐, 두더지 땃쥐, 나의 동족 고양이 들은 내게 대답하지 않았다. 그들은 하나같이 주둥이를 바닥으로 향한 채 전진하며 맨홀 뚜껑에 나타난 희귀한 생명의 냄새를 파악하는 중이었다.

나는 5-953과 5-777의 비호를 받아 무리의 핵심으로 걸었다. 내가 방범순찰대장인 걸 안 짐승들이 순순히 길을 터주었다. 짐승들을 제치고 도착한 곳은 맨홀 뚜껑 앞이었다. 5번가 중심에 서 있었던 요제피네는 어느새 맨홀 정가운데에 무릎을 꿇고 앉아 있었다. 위대하신 쥐의 족속들의 왕이시여, 침착하고 빠르기도 하시다. 맨홀 위에 앉은 요제피네는 선글라스를 쓰지 않았다. 요제피네의 핵심 없는 잿빛 동공이 대중없이 허공을 헤맸다. 요제피네가 품에 안은 것은 아직 배꼽에 미끄러운 탯줄이 달린 아기였다. 아기는 요제피네의 손가락을 빠는 중이었다.

아기를 봤음에도 내 꼬리에서 진동이 전해지지 않았다. 내가 아기를, 그러니까 아기의 형상을 한 형체와 마주하고 꼬리뼈에 자극을 받지 않은 건 처음이었다. 갓 태어난 인간의 아기를 본 것도 처음이었다. 요제피네가 품에 안은 저것이 바로 인간-아기구나. 책에서만 보던 그 희귀한 인간-아기.

『서울시 중구 충무로 5번가 지하 도로에 자리 잡은 고양이들의 구전 설화 모음집』의 조악한 삽화에서 본 아기와 실제로 마주한 아기의 모습은 달랐다. 책에서는 신생아의 얼굴은 몸의 사분의 일을 차지할 정도로 크다고 했다. 책에서는 신생아 두개골이 만나는 지점, 일반적으로 천문이라 아는 기관이 있고 심장이 뛸 때 함께 진동한다고 했다. (우리 고양이들은 천문이라는 기관이 제일 궁금했다. 어느 고양이

한 마리는 천문이라는 단어를 헛바닥으로 핥기도 했다.) 책에서는 신생아의 얼굴엔 기름기가 매끈하게 돌며 곳곳에 붉은 반점이 보일 거라고 했다. 구전 설화 모음집에서 고양이 족속들이 손톱으로 낸 생채기가 많이 남은 페이지가 신생아에 관한 묘사 챕터였다. 우리 고양이들은 언제나 유령이 아닌 실제 인간-아기가 궁금했다.

우리 고양이들의 왕 마고의 어린 시절이 궁금했기 때문이다.

아흔다섯 살에 이른 경이로운 지도자, 마고시여.

요제피네가 품에 안은 아기는 『서울시 중구 충무로 5번가 지하 도로에 자리 잡은 고양이들의 구전 설화 모음집』 여섯 번째 챕터 「신생아의 신체적 특징」에 나온 설명과 전혀 일치하지 않았다. 아기의 머리통은 우리 고양이들만큼이나 작았다.

아기의 얼굴과 머리통은 기다란 타원형이었다. 인간들이 비싼 값을 치르고 먹는 아티초크 꽃봉오리를 닮았다. 2080년대를 살아가는 부유한 이들은 이 희귀한 건강 식물을 섭취하기 위해 고양이의 셈법을 초월하는 높은 금액의 화폐를 지불했다. 하지만 아티초크 봉오리를 닮은 선천적 기형아는 맨홀 뚜껑에 던졌다. 얇은 담요에 둘둘 말지도 않고. 이름을 적은 친절한 네임 태그도 없이. 맨홀의 아기는 인간이 원하는 아기가 아니었다.

인간들이 원하는 아기의 이미지는 따로 있었다. 인간들은 특정한 좌표를 노리는 사격수처럼 원하는 것이 명료했다. 인간이 조준하는 좌표 중앙에 그려진 아이의 형상은 5번가 중심에 나타난 홀로그램 아이의 얼굴을 하고 있을 것이다. 나는 홀로 차일드의 얼굴을 떠올리며 맨홀에 버려진 아기의 모습과 비교해보았다.

닮은 면이 전혀 없었다.

맨홀에 버려진 아기는 소리를 들을 수 없었다. 아기는 5번가를 누비는 전기자동차들의 경적을 들을 수 없었다. 우리 고양이들이 참새를 사냥하기 위해 내는 채터링도 들을 수 없었다. 오십 리터 사이즈의 쓰레기봉투에 욱여넣은 새끼 고양이가 보내는 구조 신호도 파악하지 못할 것이다.

하지만 맨홀의 아기는 인간들과는 다른 음조를 들을 것이다.

요제피네가 오직 우리 짐승들만이 파악할 수 있는 음역의 휘파람을 불었다. 요제피네의 품에 안긴 아기가 휘파람 소리를 듣고 눈을 떴다. 아기의 동공이 이마 쪽으로 반복해서 돌아갔다. 아기는 뒤집히는 동공 때문에 고개를 까닥이며 요제피네를 향해 양손을 위태롭게 뻗었다. 나는 맨홀 위의 아기가 책에서 읽었던 귀여운 인간 신생아의 모습과 다른 모습을 하고 있어서 실망했다. 동시에 혹여 요제피네가 나의 비겁한 생각을 읽었을까 하는 생각에 부끄러워져 나도 모르게 자리에서 튀어 올랐다. 귀엽지 않다는 이유로 아기에게 몹쓸 생각을 하다니, 나 자신을 믿을 수 없었다. 오로지 깜찍함만으로 지상에서 오천 년 동안 생존한 고양이 종족 특유의 오만함인 걸까. 나는 콧등까지 뛰어오른 심장박동을 멈추기 위해 배를 핥기 시작했다. 산만한 내 어깨에 5-777이 이마를 박았다.

책의 설명과 가장 비슷했던 점은 아기의 얼굴을 뒤덮은 불투명한 기름 막이었다. 요제피네가 조심스러운 손길로 아기의 얼굴을 뒤덮은 기름 막을 걷었다. 요제피네가 행동을 이어갔다. 그는 손바닥으로 아기의 돔 모양 눈꺼풀과 낮은 코, 작은 입술을 차례대로 쓰다듬은 뒤 마지막으로 이마에 가벼운 키스를 했다.

정중하게. 경의를 담아.

천천히.

요제피네의 입맞춤에 아기가 웃었다. 요제피네가 가는 손가락으로 아기의 입을 조심스럽게 벌렸다. 아기의 혓바닥엔 우리 고양이 종족과 동일한 모양의 돌기가 보였다. 속이 빈 주걱 형태의 이백구십 개의 자그마한, 생명과 청결의 갈퀴가. 요제피네가 미소를 지으며 아기를 향해 귀를 기울였다. 나는 지금껏 요제피네의 입술은 오직 휘파람을 불기 위해 달려 있다고 추측해왔다. 그렇지만 요제피네도 웃을 수 있었구나. 요제피네도 인간이 맞구나. 요제피네도 인간에게 특권으로 주어진 웃음이라는 기능을 이용할 수 있구나. 요제피네는 가엾은 영아를 품에 안고 눈물을 흘릴 수도 있었겠지만 대신 웃기를 택했구나. 요제피네가 아기에게서 시선을 거두고 공중을 향해 입을 오물거렸다. 그는 연설을 준비하고 있었다.

우리 짐승은 요제피네가 말하길 잠자코 기다렸다.

자정이 다가왔다.

십, 구, 팔… 육… 오, 사, 삼, 이, 일.

5번가 중심에서 인간들이 세는 카운트다운 소리가 중립 지대 하수구까지 미쳤다. 나는 암암하게 식은 밤의 창공 사이를 찢는 거대한 폭죽 불꽃 소음 때문에 귀가 찢어질 지경이었다. 우리 짐승들이 각자 앞발로 귀를 감쌌다. 머지않아 5번가 중심에서 쏘아 올린 불꽃이 마지막 빛을 발하며 사라졌다. 드론 수십 대가 불꽃이 지나간 자리에 나타났다. 드론은 소용돌이 모양으로 비행하다가 한데 모여 2085년 뱀띠 해, 라는 글자 모양을 만들었다.

글자 모양이 사라지고 난 뒤 우리 짐승들이 무리 지어 있는 맨홀 근처에 전자기장이 흐르기 시작했다. 요제피네가 우리에게 휘파람으로 메시지를 전송하는 중이었다. 전자기장이 우리 짐승들의 어깨에 내려앉았다. 요제피네가 휘파람을 불어 말했다.

"친애하고 존경하는 쥐와 고양이, 두더지 땃쥐, 바퀴벌레와 개, 중구 충무로에 거주하는 모든 짐승 여러분. 2085년은 뱀의 해라고 합니다. 자정 이후 뱀의 영혼을 타고났다는 이유로 인간들은 2085년에 태어난 많은 아기를 버릴 겁니다."

요제피네가 입을 닫자 미끈하고 시큼한 냄새가 났다. 냄새는 귀가 먼 아기의 천문이 내뱉는 냄새였다. 나는 냄새 줄기를 향해 콧구멍을 벌렸다. 나는 아기가 우리 짐승들과 소통하기 위해 발산한 냄새 입자를 내 식도와 폐에 간직하고 싶었다. 다른 짐승들도 내 생각을 읽었을 게 분명했지만 그들은 내게 말을 걸지 않았다. 아니, 나를 비롯한 짐승들 모두 아기가 내뱉은 냄새를 간직하기 위해 조바심을 느꼈을 것이 분명하다. 몇몇 짐승들이 나처럼 공기 중에 떠도는 냄새를 콧속 점막과 닿게 하려고 콧등을 찌푸렸기 때문이다. 요제피네 역시 숨을 들이마셨다. 그가 말했다.

"친애하고 존경하는 짐승 여러분. 우리가 맨홀에서 발견한 이 아기 역시 인간들이 임의로 의미를 부여한 년(年) 동물 상징의 희생자입니다. 특히나 이 아기는, 이 짐승-아기는 용과 뱀의 영혼이 교차하는 지점에서 태어났기에 더더욱 버려졌을 겁니다."

우리 짐승은 요제피네가 무슨 이야기를 할지 예상할 수 있었다. 5번가 입구에 강둑이 있는 것처럼, 순찰을 마치면 우리 고양이가 식사를 하러 썩은 제라늄 꽃이 있는 골목으로 뒤뚱대며 걸어가는 것처럼, 요제피네는 이치와 순서에 맞는 이야기를 이어갈 것이다. 내 뒷자리에 서 있던 5-953 역시 나와 같은 생각을 떠올렸을 것이다. 5-953이 꼬리를 위아래로 움직였다. 그가 뒤를 돌아 나를 묘하게 응시했다. 녀석은 뭘 알고 있는 걸까.

허물없고 친절한 쥐 족속의 왕, 요제피네의 손이 잘게 떨렸다. 요제피네는 우리 짐승들에게만 주어진 어떤 절대적인 자유로움에 취해 있었다. (인간들은 내가 아무리 집요하게 그 상태를 묘사해도 이해하지 못할 테니 설명하지 않겠다.) 나 역시 텔레파시로 요제피네의 현재를 공유했다. 모든 짐승이 요제피네의 트랜스 상태를 공유했다. 우리 짐승들의 정신으로부터 발생한 전자기장이 맨홀 주변에 흘렀다. 파동이 물결쳤다. 요제피네가 말했다.

"친애하고 존경하는 짐승 여러분. 지난 구십오 년간 인간들은 육체와 정신이 온전치 못한 신생아가 태어나면 중구 충무로 길바닥 전역에 버렸습니다."

"우리 짐승들도 그 사실을 알고 있습니다. 쥐 족속의 왕, 요제피네. 우리 짐승들도 그 사실을 알고 있습니다."

우리 짐승들이 동의했다. 요제피네가 말을 이었다.

"버려진 신생아들은 대부분 사망했습니다. 봄에 버려진 아이들은 작은소피참진드기에 물려 고열과 혈소판 감소로 사망했습니다. 여름에 버려진 아이들은 더위에 목구멍이 말라 수분 부족으로 사망했습니다. 가을에 버려진 아이들은 중금속 미세먼지에 질식해 사망했습니다. 겨울에 버려진 아이들은 심장이 얼어붙어 사망했습니다. 인간들은 출근하는 길에 죽은 아기들을 발견하고 경찰에 신고했습니다. 인간 정부에서는 죽은 아기들의 숫자를 그저 손가락으로 세보기만 할 뿐 해결책을 내놓지 않았습니다."

나는 5번가에 그물처럼 널린 뉴스 전광판이 아침마다 부르짖던 수치를 기억했다. 한 해 길바닥에서 사망한 전국의 영아는 총 팔만 명이었다. 그 비극적인 수치와 어울리지 않던 전광판의 밝기를 나는, 기억한다. 나는 5-777에게서 팔만 명이라는 숫자가 얼마나 큰 숫자인지 전해들은 뒤부터 더 이상 전광판을 올려다보지 않았다. 나는 팔만 명이라는 수치를 생각할 때마다 구토했다. 5-953도 5-777도 구토했다. 중구 충무로의 지하 세계를 공유하는 우리 짐승들 모두 구토했다. 우리 짐승은 전광판의 수치를 경계하기 시작했다. 우리 짐승은 요제피네 역시 유기된 아이들의 숫자에 반감을 품고 있음을 당연하게도, 알고 있었다. 요제피네가 계속했다.

"맨홀의 아기는 삽십 년 만에 발견된 생존자입니다. 2054년에 발견된 마지막 생존자는 여러분도 아시다시피 (이 지점에서 요제피네가 우리 짐승들을 향해 허리를 굽혀 인사했다) 저였습니다."

일반적인 기준을 충족하지 못했기 때문에 유기된 아기들, 그중에서도 낮은 확률을 뚫고 살아남은 아기는 지하 세계를 통치하기에 더할 나위 없는 새로운 종족이었다. 맨홀에 던져진 아기는 신체 일부가 불완전했거나 고장 났거나 없었다. 그러므로 서울의 복잡한 하수도 지하 세계를 무리 없이 거닐 수 있었다. 맨홀에 던져진 아기들은 정신적 착란과 환청, 환시에 시달렸다. 그러므로 지하 세계와 짐승 족속들을 창의적으로 다스릴 수 있었다.

두더지 땃쥐의 왕 바리는 선천적으로 인간이 스키조피아라고 부르는 병을 앓았다. 바리는 두더지 땃쥐 시민이 낮에 무리 없이 땅을 순찰하게 해주고 싶은 마음에 실명을 막아주는 특수 동공 덮개를 발명했다. 바리 덕분에 두더지 땃쥐 시민의 실명률이 급속도로 줄어들었다.

개들의 왕 헤테는 샴쌍둥이로 태어났다. 헤테A와 헤테

B는 함께 토론하고 때로 다투기도 한 끝에 개들의 법치 질서를 만들었다. 개들의 법치 질서는 짐승 족속이 이룩한 최고의 업적으로 평가받고 있으며, 우리 고양이 역시 개의 법치 질서를 따르고 있다.

바퀴벌레의 왕 비비는 자폐를 앓고 있다. 비비는 중구 충무로의 지리를 꿰뚫고 있었다. 보통 짐승이 보지 못하는 장소를 모두 알고 있었다. 중립지대 하수구를 발견하고 지도에 추가한 것도 비비의 업적 중 하나였다.

내가 고양이 방범순찰대원 우두머리 자리에 오르게 된 까닭은 아마, 그 누구도 나의 혈족을 추측할 수 없었기 때문이라고 믿는다. 나의 미지가, 나의 불분명함이, 나의 출처 불명은 우리 짐승 세계에서는 축복이었다.

요제피네가 아기를 품에 안고 내게로 걸어왔다. 위대하신 쥐 족속의 왕 요제피네는 나를 향해 무릎을 꿇었다. 그가 아기를 내 품으로 넘겼다. 나는 5-953과 5-777에게 고갯짓했다. 아기가 까끌까끌한 혓바닥, 우리 고양이만이 보유한 독특한 혓바닥으로 내 목덜미와 볼, 이마 털을 핥았다. 아기는 우리 고양이 종족의 차기 왕이 될 것이다. 모든 짐승이 이미 알고 있었다. 나는 아기의 목덜미를 이빨로 물었다. 내가 앞장섰다. 5-953과 5-777이 내 뒤를 따랐다. 맨홀과 요제피네 근처에 모였던 짐승 시민들이 길을 비켜

주었다. 우리 고양이 정찰대 셋은 차기 왕을 데리고 5번가 하수구에 있는 마고의 왕좌로 향할 것이다.

충무로 뒷골목 맨홀 근처에 짐승과 벌레가 떼를 지어 서성인다는 신고를 받고 경찰이 출두했다. 경찰은 무엇으로도 뚫을 수 없는 갑옷을 입고 레이저 건을 들었다. 경찰이 레이저 진압봉으로 개와 두더지 땃쥐를 내리쳤다. 고양이 시민 한 마리가 경찰의 발목을 물자 이빨이 으스러졌다. 바퀴벌레들은 도망가기도 전에 경찰이 발사한 레이저 건 전자파에 바싹 타 죽었다. 학살 현장을 익숙하다는 듯 무료하게 응시하던 경찰 한 명이 우리를 발견했다. 그가 소리쳤다.

"저 더럽고 불결한 똥 고양이들을 잡아라."

우리 고양이 정찰대 셋은 차기 왕을 보호하기 위해 경찰로부터 재빨리 달아났다. 경찰들은 우리를 삼 분 정도 뒤따라오다 멈추었다. 어차피 경찰들은 하루 할당된 머릿수의 짐승을 학살했을 것이니, 굳이 더럽고 불결한 똥 고양이 세 마리를 잡는 수고를 들일 필요가 없었을 것이다. 나는 달리는 와중에도 희생당한 고양이와 개, 바퀴벌레와 두더지 땃쥐 들을 위해 기도했다.

나와 5-953과 5-777은 가능한 한 빠른 속도로 달려 5번가 밑 하수도로 이어지는 지하도 입구에 도착했다. 우리 고양이 셋은 잽싸게 지하도 계단으로 내려갔다. 지하도 내부에 도착해 물을 밟자 발바닥이 시큰했다. 내 발바닥이 찢어진 모양이었다. 5-953과 5-777도 나처럼 뒤뚱댔다. 나와 5-953과 5-777은 우리의 왕 마고가 있는 하수구 끝을 향하여 느리지만 강인하게 걸어갔다.

왕좌를 향해 걸어가는 내내 맨홀 뚜껑의 아기는 한 소절도 울지 않았다. 나의 강인한 이빨이 박힌 목덜미가 시큰할 법도 했지만, 맨홀 뚜껑의 아기는 절대 울지 않았다. 대신 머리를 갸우뚱거렸다. 마고에게서 왕좌를 물려받을 예정인 이 아기는 가볍게 눈을 감고 하수구의 길이를, 깊이를, 구조를 가늠하는 것 같았다. 앞으로 자신이 통치해야할 토지를, 물을 분석하는 듯했다. 아기는 고양이의 귀와 감각과 혓바닥, 무엇보다도 우리 짐승의 심장을 물려받은 것이 분명했다. 나는 고양이의 왕 마고의 왕좌에 가까워질수록 온몸의 털이 촘촘하게 곤두서는 걸 느꼈다. 이마에 압박감이 왔고 몸속에 한기가 돌았다.

우리 고양이 셋과 후계자 아기는 왕좌 근처에 도착했다. 왕좌에 입장하려면 시멘트로 만든 아치형 입구를 지나가야 했다. 우리 고양이 셋과 후계자 아기는 왕좌에 가까워질수록 걸음걸이가 현저히 느려졌다. 나는 균형 잡힌 이지와 감정의 소유자 위대하신 왕, 마고에게 가까이 닿을수록 거의 움직일 수가 없었다. 하수구 천장에 맺힌 습기가 내 머리 위로 떨어졌다. 두통이 심했다.

지하와 골목과 밤을 아우르는 고양이들의 위대한 왕, 마고는 우유 상자와 코카콜라 페트병, 소주병, 캔과 철창, 종이테이프로 만든 왕좌에 턱을 괴고 앉아 있었다. 다른 손으로는 신비한 검은색 조약돌을 들고 있었다. 위대하신 고양이의 왕 마고는 이미 모든 걸 간파했기에, 우리에게 별다른 말없이 허리를 굽혀 양손을 뻗었다.

내가 맨홀의 아기를 마고에게 넘겼다. 하수도 천장이 2085년을 맞이하는 인간들의 발소리로 진동했다. 위대하신 고양이의 왕 마고의 몸체가 즈스스 떨렸다. 나와 5-953, 5-777과 마고의 품에 안긴 아기 역시 즈스스 떨었다. 마고의 얼굴에 고요한 웃음이 번졌다. 마고는 자신이 십 분 뒤 죽을 거라고 선포했다. 우리 고양이 셋이 높은 음조로 울었다. 마고가 텔레파시로 선언했다.

"우리 짐승의 왕은 소멸을 향해 나아갑니다. 우리 짐승에게 왕이 없는 세상이 곧 왕이 원하는 세상입니다. 나의 사랑하는 고양이들이여, 왕의 소멸을 두려워하지 마십시오."

우리 고양이 세 마리가 왕좌로 올라가 왕의 얼굴을 핥기 시작했다. 마고는 죽어가고 있었다. 마고의 영혼이 당신의 콧구멍 바깥으로 천천히 나가기 시작했다. 나의 꼬리와 엉치뼈에 진동이 왔다. 5-953과 5-777도 슬픔과 경이로움에 맞서 울음을 참으려고 노력했다. 마고가 힘겨워하며 우리에게 메시지를 전달했다.

"불완전한 여자아이들이 더 이상 버려지지 않고 짐승들이 배척받지 않는 순간 우리 왕은 모두 소멸할 것입니다. 존경하는 고양이 시민들이여. 소멸을 두려워하지 마십시오. 소멸을 두려워하지 마십시오. 소멸을 두려워하지 마십시오."

마고의 콧구멍을 통해 영혼이 거의 다 빠져나갔다. 마고가 손에 쥔 검은 조약돌이 떨어져 바닥에 굴렀다.

"마고, 마고, 마고."

나는 울었다. 맨홀 뚜껑의 아기가 작고 부르튼 손가락으로 마고 1세의 뺨을 만졌다. 마고 1세는 마고 2세의 손가락에 입을 맞춘 뒤 영면에 들어가셨다. 나와 5-953과 5-777은 『서울시 중구 충무로 5번가 지하 도로에 자리 잡은 고양이들의 구전 설화 모음집』에서 읽은 장례 절차를 이행하기 위해 고양이 시민들을 모두 호출했다. 이 분 정도 기다리자 5번가에 거주하는 거의 모든 고양이가 왕좌 근처에 모였다. 고양이 시민들은 『서울시 중구 충무로 5번가 지하 도로에 자리 잡은 고양이들의 구전 설화 모음집』을 통째로 외우고 있었기에, 내가 지시하지 않아도 자연스럽게 제 할 일을 찾아갔다.

어른 고양이들이 모여 마고 1세를 조심스럽게 왕좌에서 내렸다. 마고 1세의 영면을 대비하여 우리 고양이 시민이, 인간이 버린 쓰레기를 이용해 만든 작은 보트가 있었다. 고양이 시민이 작은 보트를 등에 지고 왕좌 앞으로 가져왔다. 왕좌 앞을 지키던 고양이가 합심하여 보트에 마고 1세를 눕혔다. 보트 앞머리에는 고양이 어린이가 틈틈이 폐지로 만든 아주 자그마한 상자 하나가 있었다. 나는 상자를 열고 고양이 시민을 불렀다. 고양이 시민은 박스 앞에 한 줄로 선 뒤, 상자 안에 수염을 한 가닥씩 뽑아 넣었다. 고양이 시민이 각자 수염을 뽑을 때마다 합창했다. 고양이 시민들이 부르는 노래는 미국 밴드 토킹헤즈의 〈이 짐브라(I Zimbra)〉였다.

갓지 베리 빔바 클란드리디
라울리 로니 카도리 가잼
아 빔 베리 글라쌀라 글라드라이드
에 글라쌀라 터픔 이 짐브라
우리 짐승들의 왕은 소멸을 향해 나아간다.
소멸을 두려워하지 말라.

갓지 베리 빔바 클란드리디
라울리 로니 카도리 가잼
아 빔 베리 글라쌀라 글라드라이드
에 글라쌀라 터픔 이 짐브라
우리 짐승들의 왕은 소멸을 향해 나아간다.
소멸을 두려워하지 말라.

갓지 베리 빔바 클란드리디
라울리 로니 카도리 가잼
아 빔 베리 글라쌀라 글라드라이드
에 글라쌀라 터픔 이 짐브라
우리 짐승들의 왕은 소멸을 향해 나아간다.
소멸을 두려워하지 말라.

나는 5-777에게 맨홀 뚜껑의 아기, 마고 2세를 맡겼다.
내가 앞장서자 고양이 시민 대부분이 나를 따랐다. 나는 이
마에 힘을 주어 작은 보트를 있는 힘껏 밀었다. 나를 위시
로 고양이 시민들 역시 보트에 이마를 대고 하수도 방향으
로 밀었다.
　수로 안에서 침묵을 지키던 물이 힘을 그러모으며 스스
로 물길을 만들었다. 물길은 5번가의 입구인 한강으로 향

할 것이다. 물길 위로 마고 1세를 태운 작은 보트가 떠올랐다. 나는 보트 앞머리에 올라탔다. 보트가 한강에 도달할 때까지 마고 1세의 육체 옆에서 기도를 드릴 것이다.

왕좌로부터 보트가 멀어졌다. 5-777이 맨홀의 아기, 마고 2세를 안아 왕좌 위에 올렸고 바닥에 떨어진 신비한 검은 조약돌을 아기의 손에 쥐여주었다. 어른 고양이들이 새끼 고양이들에게 주려고 파이프 아래에 숨겨놓았던 신선한 가다랑어의 살을 물어뜯어 마고 2세에게 건넸다. 마고 2세가 혓바닥을 내밀었다. 우리 고양이의 갈퀴를 물려받은 혓바닥. 하늘이 점지한 고양이들의 왕.

맨홀 뚜껑의 아기, 고양이의 왕 마고 2세.

마고 2세는 범성애자 혹은 동성애자, 무성애자나 이성애자일 수도 있을 아기다. 마고 2세는 사인용 식탁이 필요 없는 아기, 부모가 없는 아기, 여성과 남성이라는 두 성별이 가둘 수 없는 새로운 성별의 아기다. 사지가 불완전한 어린이가 될 것이다. 청력 측정이 불가능하고 냄새를 맡을 수 없으며 손가락이 없어 지문이 있을 리 없는, 촉각을 박탈당한 어린이가 될 것이다. 만약 아기가 인간들이 사는 지상 세계에 태어났더라면 어쩌면 ADHD와 유아 우울증, 자폐, 언어장애, 학습장애, 발달장애, 거짓말과 가출, 도둑질과 필로폰과 펜타닐에 가까울 것이다. 그는 미래의 일꾼이 될 생각이 없는, 노인을 부양할 단단한 어깨를 만들기를 거절할 어린이가 될 것이다. 주민등록증에 남길 지문 도장을 찍길 거부하는 어린이가 될 것이다.

마고 2세는 우리 고양이들의 왕이 될 것이다.

나는 믿는다. 내일, 십 년 뒤, 백 년 뒤에도 계속하여 고양이와 쥐, 두더지 땃쥐와 바퀴벌레, 개 들의 왕이 왕좌에 앉을 것이지만 언젠가는 왕위에 앉은 모두가 남김없이 소멸할 것이라고. 하지만 우리 짐승은 지도자의 사라짐을 두려워하지 않는다고.

나는 보트 앞머리에 편하게 턱을 기대어 엎드렸다. 눈을 감았다. 이렇게 하수도 물길 위에서 부유하다가 한강을 마주하기를, 희붐하게 뜰 서울 아침의 빛이 내 이마를 건드리기를, 마고 1세의 텅 빈 육체와 함께 기다렸다.

IV

무
한
궤
도
D

아주 흔하고 닳아빠진 말이지만 나는 좆된 게 분명했다. 나는 웃었다. 웃겨서 웃은 건 아니었다. 하여간 좆됐다. 휴대전화에 문자 메시지가 떴다. 소혜신녀가 보낸 문자 메시지였다.

　─출연료로 삼백을 줘도 안 갈 판에 무료로 같이 방송해달라고? 돌았어?

　나는 서울 중구 충무로 5번가 400번지에 있는 유명 흉가, 일명 무한궤도D라고 불리는 일본식 목조주택 앞에 서서 땀을 닦고 있었다. 정신이 혼미해질 정도로 더운 여름이었다. 자정이 다가오는 때인데도 뒤지게 더웠다. 나는 구독자 팔백 명의 하꼬 허접 흉가 탐험 유튜버다. 가끔 동료 유튜버나 흉가 동호회 사람들을 만나 자기소개를 할 때 스스로를 이렇게 칭했다.

"안녕하세요. 저는 고스트 헌터 예보람입니다."

내가 귀신을 보는 건 아니다. 다섯 살 때부터 인터넷에 떠도는 낭설들, 귀신이 붙을 위험이 있으니 절대 하지 말라는 분신사바나 혼숨, 여우 창문 같은 건 전부 하면서 자랐지만 귀신을 보진 못했다. 환각과 환청도 없었다. 직감? 내 직감은 최악이다. 내 예상은 항시 구십구 퍼센트의 확률로 빗나갔다. 그런데도 고스트 헌터로서 유튜브를 운영하는 건 어린 시절부터 내 내면에 깊이 각인된 미지의 상징과 내 궁극의 실체에 관한 심오한 진실을 발굴하기 위한, 글쎄, 아니다, 아니라고. 좆된 상황에 이런 걸 생각할 시간이나 있나. 중요한 건 내가 귀신이라는 초자연적 현상을 정말 사랑하지만 볼 수는 없다는 거다.

좆됐다. 좆같은 인생.

하하. 저는 고스트 헌터 예보람입니다.

아무도 방문하지 않는 무한궤도D를 방문하기로 결심한 건 채널 성장을 위해서였다. 구독자 증가를 위해서는 전국적으로 알려진 흉가에 도전해야 했다. 무한궤도D 같은.

무한궤도D는 1920년대에 화재로 소실되었다가 1960년경 재건축된 주택이다. 1920년대엔 피혁공장을 운영하는 부유한 일본인 가족이 살았다고 한다. 주택 방화범은 가족의 하녀였던 조선인이라고 유튜브와 인터넷 괴담으로 전해졌다.

믿거나 말거나지만.

결국 유튜브니 괴담이니 유령이니, 전부 믿거나 말거나 아닌가.

무한궤도D는 재건축 이후 1990년까지는 2대가 함께 살았다고 한다. 어느 끈질긴 집념을 가진 한 공포·괴담 라디오 유튜버가 지인의 도움을 빌려 관련 서류를 발급받아 확인했다. 무한궤도D에 관한 마지막 공식 기록은 1990년 서울 캐피톨 일보에 실렸다. 1990년 여름, 서울 중구 충무로 5번가 400번지에서 영아 사망 사고가 났다는 기사. 사망 사고인지 살인 사건인지 궁금해서 온라인·오프라인으로 자료를 찾아보았지만 사건을 상세하게 보도한 기사는 찾을 수 없었다. 1990년 이후에는 무한궤도D에 관한 기록을 거의 찾아보기 어려웠다.

이후 무한궤도D는 수많은 인터넷 괴담과 공중파 호러 채널의 꼭지에서 자주 다루어졌다. 무한궤도D는 전형적인 흉가로 변모했다. 많은 고스트 헌터들과 무당 유튜버들이 중구 충무로 5번가 400번지에 왜 무한궤도라는 별명이 붙었는지 추측해보았다. 정확한 답이 나오지는 않았다.

가장 유력한 가설은 주택 마당에 나타나는 귀신이 얼굴과 몸통만 가지고 있어 전반적으로 무한대(∞)모양을 닮아 보인다는 것이다.

과연?

고스트 헌터 예보람이 오늘 그 이름의 근원을 찾을 예정이다.

일전에 내가 세웠던 계획대로라면 소혜신녀가 귀신과 대화하고 나는 심령 장비만 만지면 됐다. 하지만 소혜가 부른 출연료 삼백만 원을 도저히 감당할 수 없었다. 나는 시팔 구독자 팔백 명의 유튜버라니까. 유튜브 영상 조회수나 라이브 후원으로 버는 돈보다 내가 지출하는 돈이 더 많다니까. 심령 장비를 사는 데만 해도 어마어마한 돈이 들었다. 그러므로 무한궤도D 촬영에서 내게 영안, 즉 귀신을 보는 새로운 눈이 갑자기 생긴 것처럼 행동해야 했다. 귀신을 볼 수 있는 척 연기하는 것만이 소혜신녀의 부재를 채울 수 있는 유일한 수단이었다. 그리고 흉가 유튜버에게 갑자기 영안이 생긴다는 건 논리적으로 틀린 흐름도 아니었다. 그런 일은 비일비재했다. 특히 내가 방문하려는 곳은 그 유명한 무한궤도D가 아닌가. 아무도 가지 않는 곳.

구독자가 많은 고스트 헌터들이 무한궤도D를 방문하지 않는 이유는 간단했다. 무한궤도D는 사유지이다.

나는 땀을 닦고 무한궤도D의 대문을 응시했다. 주택 전면에는 출입 금지라고 인쇄된 노란 띠가 둘렸다. 대문 근처에는 동네 주민이 무단 투기한 검은 쓰레기봉투가 종양처럼 쌓였다. 철 재질의 대문은 하도 녹슬어 언뜻 보면 대상포진을 앓고 난 사람의 피부 같기도 했다. 대문 옆엔 푸른색 원형 명패로 집주인의 이름이 새겨져 있었는데 너무 흐려서 읽을 수 없었다. 막상 무한궤도D에 들어갈 결심을 하자 꺼림칙했다. 나는 땀으로 미끌미끌한 손등을 맞대 비비며 과연 들어가는 게 맞을까, 고민했다.

그래도 들어가야 했다. 아무리 하꼬 유튜버라도 시청자와의 약속은 지켜야 했다.

오늘 오후, 나는 유튜브 커뮤니티 게시판에 무한궤도D 입성을 알리는 글을 올렸다. 무당인 소혜신녀도 대동할 거라고 힌트도 줬다. 댓글은 비록 다섯 개밖에 달리지 않았지만 말이다. 다섯 명의 소중한 시청자들은 나와 무당의 합동 방송을 기대한다고 했다. 나는 구독자가 오십만이 훌쩍 넘는 유명한 고스트 헌터 유튜버의 최근 영상에 무한궤도D 방문에 관해 아주 시끄럽게, 이모티콘을 수십 개 넣어가며 댓글을 달았다. 무한궤도D 방문을 기대한다는 답 댓글이 꽤 달렸다.

나는 시청자와의 약속을 지켜야만 했다.

무한궤도D를 앞에 둔 내 양손에는 야간 투시가 가능한 카메라와 손전등이 있었다. 나는 카메라 렌즈로 주택의 전면을 비춘 뒤 유튜브 실시간 방송 버튼을 눌렀다. 방송을 켜자 뜻밖의 일이 일어났다. 이미 대기 중인 시청자가 이백 명이었다. 항상 열 명도 채 되지 않는 시청자들을 상대로 흉가 안에서 구르고 다치고 소리를 지르던 나였는데 말이다. 나는 시청자들을 향해 정중하게 인사하고 골백번도 더 연습했던 멘트를 쳤다.

"안녕하세요. 저는 고스트 헌터 예보람입니다."

카메라 렌즈를 향해 내가 할 수 있는 가장 멋있는 눈빛을 하고 미소를 지었다.

"소혜신녀님은 개인적 사정으로 합류하지 못하게 되었습니다. 하지만 괜찮아요."

대화창이 평소보다 빠르게 올라갔다. 나는 시청자들에게 무한궤도D의 역사와 관련된 사건, 흉흉한 소문에 관해 짧게 설명한 뒤 배낭에서 가장 중요한 도구를 꺼내 카메라 렌즈 앞에서 흔들었다. 바로 볼트 커터였다. 나는 먼저 카메라로 무한궤도D의 대문을 찍었다. 나머지 한 손으로 볼트 커터를 들고 대문에 감긴 쇠사슬을 끊었다. 무한궤도D를 봉인한 사슬이 끊어지는 순간 시청자 수가 구백 명을 돌파했다. 슈퍼 챗 십만 원을 후원한 시청자도 있었다. (갑사합니다!) 나는 나도 모르게 실실 웃으며 대문을 발로 차서 열었다. 마당에 들어서자 대문이 맞물리는 소름 끼치는 소리를 내며 반동을 주듯 순식간에 닫혔다. 나는 카메라로 주택 곳곳을 비추며 인터넷에서 미리 조사한 내용을 마치 이미 알고 있는 사실인 양 능청스럽게 읊었다.

"이 주택은 전체적으로 목조로 마감되었군요. 화재에 취약하겠어요. 서양 건축양식과 일본식 목조주택의 형태가 더해진 건물이에요. 이런 건축양식을 뭐라 부르는데 기억이 안 납니다. 죄송해요. 화재로 소실된 뒤 재건축한 터라 주택의 원형은 그대로인 듯 보입니다. 저길 보면 기와 모양이 일본식 같아요. 지붕을 보면 굴뚝이 네 개나 있고요. 저쪽은 창고예요. 그리고 대박인 건 여기 우물이 있어요. 미쳤네. 대박이네. 서울 주택에 우물이? 와. 우물이 특이하네요. 검은색 매끈한 돌로 만들어진 우물은 처음 봅니다. 무슨 종류의 돌일까요? 색이 굉장히 신비합니다."

건축양식 이름이 기억나지 않았던 것 빼고는 완벽한 독백이었다. 나는 직접 그린 주택 구조를 화면에 올리려고 유튜브 설정 화면을 내려다보았다. 화면 상단에 표시되어야 할 데이터 회사 로고가 뜨지 않았다. 곧 신호 없음이라는 알림창이 떴다. 유튜브 페이지에도 무한로딩 로고가 나타났다. 마당의 공기가 스산해졌다. 내 후두부에 날카로운 바람이 스쳤다. 머릿속이 차가워졌다. 고스트 헌터들은 귀신의 등장을 전자기장을 통해 파악했다. 나는 주머니에서 전자기장 측정기를 꺼냈다. 전자기장 측정기 수치가 최대치로 올라 빨간불이 깜빡였다. 측정기가 반응한다는 것은 곧 인간도 짐승도 아닌 제3의 어떤 것이 공간에 등장했다는 뜻이다.

나는 두 번째로 좆된 게 분명했다. 귀신을 보는 척 연기할 거라고? 방송이 안 되는데 무슨 연기를 한다는 거야?

삽시간에 주변 가로등 불빛도 나갔다. 불빛 한 점 없는 공간. 어둠의 촘촘한 망이 내 몸을 압박했다. 이번엔 웃음이 나오지 않았다. 나는 심호흡하며 손전등 버튼을 눌렀다. 손전등이 켜지지 않았다. 분명 어제 택배를 받자마자 온·오프와 빛의 밝기를 전부 확인한 건데 말이다.

나는 손전등을 집어던졌다. 그대로 마당에 주저앉았다. 바지 주머니에 넣어둔 전자기장 측정기는 여전히 빨간색 빛을 발하며 내게 경고를 던졌다. 나는 괜히 손에 잡히는 흙을 그러모아 단단하게 뭉치고 문지르기를 반복했다. 한여름의 직사광선을 반사했던 흙에서 정오의 내음이 드리웠다. 이름 모를 들꽃과 관목, 잡초 내음이 한꺼번에 섞인 냄새였다. 나른했다.

무한궤도D에 거주했던 사람들 역시 마당에서 나처럼

흙장난을 쳤을 수도 있겠지. 나는 흙을 만지는 아주 짧은 시간 동안 무한궤도D의 과거 혹은 미래의 일별을 떠올렸다. 아니, 떠올렸다는 단어는 부정확하다. 무한궤도D의 과거가 내 머릿속에서 자의적으로, 그 자체로 자아를 가진 채 시퀀스로서 방영되었다. 귀에서 이명이 일었다. 나는 이명 소리가 나는 곳을 좇아 자리에서 일어났다.

이명의 근원은 대청마루였다. 나는 주택 전경이 잘 보이는 곳에 삼각대와 카메라를 설치한 다음 살그머니 마루 쪽으로 걸었다. 배낭에서 전자기장을 감지할 수 있는 각종 심령 장비들을 꺼내 마루에 올려놓았다. 귀신이 등장하면 심령 장비에서 전자음이 울리고 오르골이 돌아가며 노래가 나올 것이며 네온사인이 빛날 것이다. UV 라이트도 꺼내 한번 비추어볼까? 아니다. UV 라이트는 방 안에서 쓸 것이다.

나는 생각보다 덜 좇된 걸 수도 있었다.

오히려 유튜브 라이브 방송이 터진 게 이득일 수도 있었다. 인터넷 방송이 터졌다는 것은, 약 천 명에 달하는 시청자들이 방송 오류를 목격했다는 것은, 무한궤도D가 가진 악마성의 증거를 드러내는 멋진 미장센이지 않을까. 곧 내 눈이 어둠에 익숙해졌다. 적외선 카메라 없이도 대청마루의 갈라진 틈이 보였다. 나는 마루 밑에 있는 댓돌에 앉아 다시 배낭 속을 뒤졌다. 아직 끝난 게 아니었다. 귀신이 와야 장비들이 반응할 테니까 말이다. 귀신을 부르는 의식을 해야 했다.

귀신을 부르는 데 필요한 준비물은 인센스 홀더와 가느다란 향 수십 개, 기다란 초 여러 개, 내 입술이 전부였다. 나는 인센스 홀더에 향과 촛불을 꽂고 불을 붙였다. 잿빛 연기가 기다란 띠 모양으로 마루 위에 부유했다. 유튜브와 구글링으로 주워들은 바에 따르면 귀신, 영혼은 향과 촛불이 연소하며 생긴 가느다란 연기를 길처럼 타고 현세로 들어온다고 했다. (그러니 내 유튜브 구독자들은 주의해야 한다. 집에서 함부로 인센스를 피우는 행동은 잘못된 것이다. 내 유튜브 채널 '고스트 헌터 예보람'을 구독·알람 설정하면 더 많은 주의사항을 다룬 영상을 볼 수 있다. 이를테면 바깥에서 돌을 주워 오지 마라. 함부로 단지를 모시지 마라. 겨울 벌레 때문에 모기향을 피우지 마라. 더 알고 싶은가? 유튜브 채널 '고스트 헌터 예보람' 구독과 알람 설정.) 나는 온갖 잡귀들을 데려오기 위해 길목을 튼 셈이었다. 마지막으로 해야 할 일. 나는 휘파람을 길게 불었다. 휘파람이 음률을 통해 또 다른 길을 텄다. 이제 기다리기만 하면 됐다.

나는 어떤 귀신이 등장할지 궁금했다.

기다렸다.

정말 머리와 몸통밖에 없어 무한대 모양을 한 귀신이 나타날까. 아, 참. 나 귀신 못 보지.

내가 유튜브 공포 라디오와 흉가 체험, 공중파 납량특집을 보고 내린 결론이 있다. 흉가와 괴담 속에 등장하는 귀신들의 외모에 유행이 있다는 것이다. 사람들이 보는 귀신의 모습은 거의 일치했다.

귀신들은 여성이었다. 귀신들은 항상 머리가 길었다. 귀신들은 소복이나 흰 원피스를 입었다. 귀신들의 눈동자에는 흰색이 없었다. 입은 항상 귀까지 찢어졌다. 입이 찢어지며 난 상처에서 난 피가 턱뼈의 굴곡을 따라 흘렀다. 찢긴 입술로 항상 상대편의 말을 거꾸로 반복했다. 어디서 귀신 되기 사교육이라도 받는 건가 싶었다.

어쨌든 믿거나 말거나지만.

나는 공포 콘텐츠 시청자들이 귀신의 스테레오타입에 슬슬 질리기 시작한다고 생각했다. 이런 경우도 있지 않을까 가정해보았다. 영안이 있는 사람이 어느 날 정장을 입은 낯선 남자를 주차장에서 보았다. 그러나 그는 정장을 입은 남자를 결코 귀신이라 여기지 않는다. 왜냐하면 그 사람은 소복을 입고 머리가 긴 여자가 아닌 귀신의 형태를 본 적이 없기 때문이다. 하지만 정장을 입은 남자가 정말 귀신이었다면? 젠장. 그렇다면 우리가 놓친 귀신들이 도대체 몇이란 말인가. 내가 뛰어든 틈새가 바로 사람들이 놓친 귀신의 모습을 찾는 것이었다.

나는 귀신의 스테레오타입을 깨부술 것이다. 그게 고스트 헌터로서의 나의 목표다.

기다렸다.

장비에서 아무런 반응이 없었다. 나는 여전히 댓돌에 앉아 있었다. 지루했다. 심령 장비 앞에 손을 대고 흔들어 보았다. 전자음과 오르골, 전자장을 음파로 변환하는 기계에서 뒤틀린 소리가 났다. 네온사인도 반응했다. 삼원색 네온 빛이 벽과 천장, 처마를 느리고 둥글게 비추었다. DJ 세션을 하는 것 같았다. 춤이라도 춰야 하나. 귀신은 춤추고 노래하는 곳에 온다지 않나. 장비가 멈추고 침묵이 내려앉았다. 무한궤도D는 도로를 끼고 있었다. 도로에는 자동차도 취객도 폭주족도 없었다. 홀로 오 분 정도 정적을 지키자 인기척이 들렸다. 이어 남자의 목소리가 들렸다.

"너 거기 있냐?"

나는 대답하지 않았다. 대신 댓돌에서 내려가 마루 밑에 몸을 우그리고 앉았다.

"너 거기 있냐? 뭐 하는 거야? 너 거기 있냐? 뭐 하는 거야?"

나는 남자가 말을 이어가길 기다렸다. 나의 바람과 달리 남자는 마루를 지나 방 안으로 들어가는 모양이었다. 마룻바닥을 밟는 나직한 발소리에 이어 여러 명이 다투는 듯 옷자락이 맞물리는 소음이 났다. 이곳에 나 말고 두 명이 더 있는 건가, 아니면 그 남자 한 명이 전부인가. 뭘까. 도대체 뭘까. 나는 숨을 참고 기다렸다.

집 안으로 들어갔던 남자가 우물대며 괴성을 지르며 누군가를 불렀다. 그러자 심령 장비 중 하나에 붉은빛이 켜졌다. 장비의 빛이 꺼지자 눈의 암순응 반응 때문에 내 시야가 시커멓게 변했다. 나는 어둠과 뭉쳐 있었다. 남자가 주택 바깥으로 나오길 기다렸다.

고스트 헌팅이란 기다리는 일이 전부니까.

이십 분 정도 지났을까. 남자가 대청마루로 나왔다. 그는 땀에 젖은 맨발로 공간을 거닐며 내가 알아들을 수 없는 말을 지껄였다. 대여섯 번의 발걸음 이후 남자는, 그러니까 무한궤도D의 등기상 주인 혹은 폐가를 숙소처럼 사용하는 노숙자일지 모를 남자가 동작을 멈추었다. 그가 거칠게 숨을 내쉰 뒤 마루에 가래침을 뱉었다. 남자가 뱉은 침은 썩은 굴 같았다. 식도에 욕지기가 올라 구역질이 나왔다. 내가 헛구역질하자 남자가 소리쳤다.

"도망갈 수 있다고 생각하냐? 도망갈 수 있다고 생각하냐?"

나는 침묵을 지켰다. 남자가 말했다.

"도망갈 수 있다고 생각하냐?"

내 시야가 어둠에 적응하자 남자의 겉모습이 언뜻 보였다. 남자의 안구가 달빛을 반사해 빛났다. 그의 눈동자가 움직일 때마다 언뜻 붉은빛이 나서 참으로 기이했다. 남자는 속옷만 입고 있었다. 정확히는 흰색 빤스. 자, 이제 한여름, 자정을 지난 시각, 흉가로 알려진 곳에 빤스만 입고 눈을 혼탁하게 뜬 남자가 있다고 가정해보자.

그는 주택의 주인일까 아니면 노숙자일까.

나는 노숙자임이 분명한 남자에게 해코지당할까 봐 검은 돌로 만든 우물을 향해 조용히 기었다. 마당에 깔린 자갈이 내 무릎을 찔러 아팠다. 그동안 남자는 대청마루 댓돌을 힘겹게 밟고 내려왔다. 남자의 날카롭게 튀어나온 무릎은 어둠 속에서도 흉기처럼 푸르게 빛났다. 내가 원한 건 유명 고스트 헌터로서 인터넷 헤드라인을 장식하는 거였다. 노숙자에게 얻어맞은 혹은 살해당한 익명의 삼십 대 여성으로서 나를 드러내는 건 계산에 없었다. 나는 빠른 동작으로 우물 뒤에 숨었다. 나도 모르게 눈물이 흐르고 있었다.

남자가 어기적대며 마당을 가로질렀다. 앞마당 바닥에는 간헐적으로 튀어나온 자갈이 있어서 섣불리 뛰어왔다가는 돌부리에 걸려 넘어질 게 분명했다. 굴욕적인 자세로 기어 왔던 게 오히려 내겐 잘한 선택이었다. 우물 앞에서 넘어진다고 생각해보라. 우물에 머리를 박으면 얼마나 아플까. 나는 조용히 우물 너머로 고개를 들어 남자를 관찰했다.

남자가 마당을 두리번대며 나를 찾았다. 그의 동선에 따라 심령 장비의 경고음과 오르골 선율(슈만이 어린 시절을 회상하며 쓴 〈어린이의 정경〉 중 7번, 〈트로이메라이〉), 삼원색 네온사인이 켜지며 발산하는 전자파 소리가 한데 모여 멋지고 불쾌한 불협화음을 이루었다. 남자가 심령 장비가 있는 쪽으로 허리를 굽혀 주저앉았다. 심령 장비를 확인하려는 듯 보였다. 한참 앉아 있던 남자의 척추가 좌우 위아래로 비틀렸다. 그는 갑자기 자리에서 벌떡 일어나 공중의 무언가를 양팔로 안아 강경하게 끌어당겼다. 남자가 쉰 목소리로 말했다.

"잡혔구나, 잡혔다. 잡혔다."

남자는 자기가 잡은 그 무언가를 바닥에 강하게 내친 뒤 양손으로 눌렀다. 남자의 행동은 마치 인간의 목을 조르는 것 같았고, 그 바람에 헐렁한 흰색 빤스가 펄럭이는 소리가 났다. 남자가 읊조렸다.

"내 말을 듣고 약을 먹었어야지. 약을 먹었어야지. 약을 먹어야지.”

남자의 등 너머로 내가 대문 앞에 설치해둔 삼각대와 카메라가 보였다. 카메라 전원 창에서 초록빛이 깜빡였다. 카메라는 낯선 남자의 모든 행위를 녹화하면서 의연하게 서 있었다. 나는 내 상황에 관한 의견을 수정해야 했다. 나는 좆된 게 아니라 초대박을 앞두고 있었다. 게다가 나는 공중파에 진출할 것이다. 폭행 사건으로.

시청자들은 몇 년 전 흉가 탐험 유튜버가 백골 시체를 발견한 사건을 아직도 잊지 못했을 것이다. 시청자들은 내게 일어난 사건도 평생 잊지 못할 것이다. 나는 자랑스러운 고스트 헌터 유튜버로서 내 몸을 희생할 것이다. 흉가에 서식하는 노숙자에게 얻어맞을 예정이니까. 시청자들은 아직 흉가 탐방 고스트 헌터가 노숙자에게 얻어맞는 장면을 유튜브에서 보지 못했을 것이다. 내가 얻어맞는 영상에 노란 딱지가 붙어 차단되고 삭제될지라도 나는 계속해서 업로드를 할 것이다. 조회수가 늘어날수록 달콤해지는 통장 입금 내역을 음미하며 유명한 유튜버가 될 것이다. 나는 우물 바깥으로 고개만 내밀고 당당하게 소리쳤다.

“아저씨. 사유지에서 뭐 하는 짓입니까? 여기가 마약 거래 장소입니까? 당신 마약 중독자입니까? 마약 중단. 지금이라도 늦지 않았습니다.”

108

남자는 여전히 보이지 않는 무언가와의 사투에 한창이라 내 물음에 대답하지 않았다. 나는 일어나 손가락을 입에 넣어 휘파람을 불었다. 잔뜩 열중했던 남자가 동작을 멈추었다. 그가 나를 향해 고개를 돌리자 방송용 마이크처럼 기다란 얼굴이 보였다. 남자는 얼굴 중 가장 기다란 턱을 앞으로 쑥 내밀고 무언가를 쉼 없이 중얼댔다. 얼굴을 비롯한 몸에는 빨간색 버튼 같은 게 만연했는데 피부병같아 보였다. 내가 한 번 더 휘파람을 불었다. 남자는 과자 조각을 향해 걷는 비둘기처럼 몸을 앞뒤로 흔들며 휘파람의 근원을 찾았다. 나는 카메라를 의식하며 정의로운 말투로 말했다.

"경찰에 마약 거래로 신고하기 전에 어서 나가십시오."

남자는 마치 눈이 보이지 않는 듯 고개의 까닥거림으로 내 목소리의 방향을 가늠하는 것 같았다. 한참 몸을 흔들던 그가 동작을 멈추고 우물 쪽으로 삐딱한 포즈의 몸을 돌렸다. 그가 내 쪽으로 양팔을 뻗었다. 나는 뒷걸음질 쳤다. 남자가 말했다.

"아직도 안 죽었냐. 안 죽었냐. 정말 안 죽었냐. 지겹다, 지겨워. 지겹다. 지겨운 새롬이를 왜 못 놓는 거냐. 지겨운 새롬이를 왜 못 놓는 거냐. 지겨운 새롬이를 왜 못 놓는 거냐."

나는 경찰, 경찰이라고 홀로 지껄였다. 그렇게 부르면

와이파이라도 터질 것처럼, 그래서 파출소에 신고가 가능할 것처럼 말이다. 남자가 우물 가까이 달려왔다. 비틀비틀 뛰는 남자의 하체 관절에서 소리가 났다. 나는 가슴팍에 머리를 파묻고 쭈그려 앉았다. 남자가 달려오던 도중 자갈이 맞물리는 소리가 크게 났다. 이어 두꺼운 나뭇가지 수십 개가 한꺼번에 꺾이는 소리가 났다. 사위가 괴괴해졌다. 나는 고개를 들고 우물 너머를 천천히 살폈다. 내 시야에선 가느다랗고 형광기가 도는 흰색 두 다리밖에 보이지 않았다. 남자의 두 다리였다. 쓰러진 남자의 나머지 모습은 내 멋대로 추측해야 했다.

사실 별로 추측하고 싶지 않았다.

나는 숨을 참고 깨금발로 걸어 남자에게로 향했다. 남자는 우물가에 쓰러져 있었다. 나는 발로 그를 툭툭 쳐 보았다. 미동도 없었다. 이따금 자동차들이 우물 근처를 지나치며 전조등을 드리웠고 쓰러진 남자의 몸을 조각내 비추었다. 남자의 푸른색 엉치뼈, 주택 마당에 깔린 돌처럼 단단해보이는 어깨에 이어 기역 자로 꺾인 목덜미가 보였다. 그의 후두부는 우물에 부딪혀 머리뼈가 드러날 정도로 박살 났다. 양옆으로 갈라진 상처 사이로 반투명한 벌레가 꿈틀댔다. 환부 사이로 눅진한 피가 흘러 바닥을 적셨다. 공기 중과 마찰해 굳어가는 핏덩이와 모근이 굵은 머리카락과 흰색 벌레가 한데 얼기설기 엉킨 걸 발견한 순간 나는 고개를 돌렸다. 조금 토했다.

남자는 내가 있는 우물을 향해 달려온 게 분명했다. 달려오던 그는 비쭉 튀어나온 자갈에 걸려 넘어지면서 우물에 목을 박고 기절한 모양이었다. 나는 일단 남자가 잠시 기절했다고 결론 내리고 싶었다. 남자가 기절했다면 이건 유튜브 콘텐츠에 가깝고, 남자가 죽었다면 이건 강력 사건과 가까웠다.

나는 주머니에서 휴대전화를 꺼내 확인했다. 여전히 통신사와 와이파이 아이콘이 뜨지 않았다. 휴대전화를 하늘 높이 들고 대문 근처에서 서성였다. 전자기장을 탐지하는 장비가 시시때때로 울렸지만 전화를 쓸 수는 없었다. 도대체 이게 뭐람. 전자파가 도는데 휴대전화는 안 된다고? 나는 무한궤도D에서 B급 공포 영화를 찍길 바랐지 강력 범죄 다큐멘터리를 만들고 싶지 않았는데. 어쨌든 남자를 깨워봐야겠다. 무슨 연유로 흉가에 살고 있는지 남자와 인터뷰해봐야겠다. 인터뷰하면 조회수가 꽤 나올 것이다. 반대로 남자가 정말 죽었다면 시신을 어떻게든 처리해야 했다. 시신이라, 몰라, 시발. 나는 옷매무새를 정리하며 우물로 향했다.

하지만 우물 앞에는 아무것도 없었다.

자갈 바닥에는 남자가 누워 있었던 자국조차 없었다. 핏자국도 없었다. 나는 우물 주변을 걸어 다니며 내 발자국이 나는지 확인했다. 여름 습기가 가득한 흙이라 운동화 자국이 선명하게 났다. 내가 뱉은 토사물도 자리를 지켰다. 의문이 가득했지만 현재로선 내가 전파를 찾으러 대문 근처로 간 순간 남자가 일어났다고밖에는 설명할 도리가 없었다.

믿거나 말거나지만.

남자를 찾아야 했다. 나는 우물 뒤편을 따라 무한궤도D의 뒷마당부터 살피기로 했다. 주택 뒤편은 뒷마당이라기엔 조촐한 편이었고 폐지와 쓰레기, 동물 사체 따위가 대중없이 널려 있었다. 나는 뒷마당에 쌓인 돌 더미 위에 올라가 지붕과 굴뚝도 살펴보았다. 아무것도 없었다. 다시 휘파람을 불어보았지만 메아리조차 돌아오지 않았다. 무한궤도D 안에는 그 흔한 도둑고양이도 쥐새끼도 없었다. 심지어 여름에 떼로 몰려다니는 암컷 모기와 바퀴벌레, 구더기도 없었다.

나는 부엌 뒷문을 열고 들어갔다. 누리끼리한 부엌 타일, 기름때가 구석구석 낀 가스레인지와 밸브, 싱크대가 보였다. 타일을 뚫어 박은 고리에는 각종 나무 주걱과 조리도구가 걸려 있었다. 각종 장을 담근 유리병이 서랍장을 촘촘하게 채웠다. 병 안의 음식들은 전부 썩었지만 벌레 한 마리 돌지 않았다. 나는 UV 라이트를 꺼내 천장과 벽, 바닥을 비추었다. 오래 유기된 저택임에도 티끌 하나 없이, 라이트에 포착되는 게 없었다. 충무로에서 무한궤도D의 좌표만 따서 그 자리만 강력하게 살균 처리한 것 같았다. 나는 조그맣게 노숙자를 향해, 아니, 그 누구든 주택 내부에 있을 존재에게 저기요, 하고 불러보았다. 대답이 없었다.

무한궤도D의 부엌은 열 평은 돼 보일 정도로 넓었다. 층고도 일반 아파트보다 높았다. 확실히 현대식 건물은 아니었다. 1920년대에 이토록 호화로운 크기의 저택에서 거주했던 일본 제국주의자들은 얼마나 대단한 부호였던 걸까. 이 부엌에서 몇 명의 조선인 하녀들이 일했을까. 빌어먹을 일본 놈들. 무한궤도D는 여러모로 해악이었다. 이 유서 깊고 오래된 일본식 목조주택이 흉가가 된 건 당연한 순서리라.

나는 무한궤도D의 부지가 재개발 대상이 되기를 바랐다. 한국의 재개발은 무시무시한 정책이라 귀신마저 쓸어버리지 않나. 흉가를 덮는 방법이 무엇인지 아는가. 부적? 굿? 기도? 아니다. 재개발로 부지를 싹 밀어버리는 거다. 돈이 최고야. 한국에서는 정말 돈이 최고야. 나도 유튜브로 돈을 벌 거야. 무한궤도D에서 촬영한 영상을 올릴 유튜브 섬네일을 어떤 디자인으로 할지, 문구는 무엇으로 할지도 생각해봐야 했다. 고딕체에 빨간색 테두리로 이렇게 쓰면 어떨까.

'백 년 넘은 흉가에 누가 살고 있다? 예보람을 부른 남자의 정체는? 주작 아님. 실·제·상·황!'

나는 섬네일 제목을 중얼대며 부엌 오른편을 살폈다. 부엌 우측에는 다락방으로 올라가는 계단이 보였다. 반대편, 부엌 좌측에는 방공호로 내려가는 계단이 있었다. 무한궤도D는 위로 높았고 아래로 깊었다. 무한궤도D 건물 바깥에서 보는 것만이 건물의 전부가 아니었다.

나는 전자기장 측정기를 들고 부엌 가장자리를 돌며 기계를 대보았다. 전자기장 측정기는 빨간색이 아닌 초록색, 노란색을 웃돌았다. 부엌 내에는 전자기장이 거의 없다는 지표였다. 나는 가방에서 내 채널에서 나름 인기를 얻은 심령 장비 중 하나인 크리스틴을 꺼냈다. 크리스틴은 미국의 마리 오즈먼드(Marie Osmond)사에서 만든 도자기 인형이다(인형이 비싸다는 걸 밝히고 싶다). 나는 직접 크리스틴의 목을 정교하게 잘라낸 뒤, 얼굴 안에 전자파 탐지 발광 센서를 넣어 심령 장비로 만들었다. 크리스틴의 전방 삼 미터 안에 귀신이 나타나면 인형의 두 눈에서 코발트블루색 발광다이오드가 빛을 발할 것이다.

나는 크리스틴을 안고 부엌을 나갔다. 부엌을 나가니 일본식으로 만든 좁은 복도가 보였다. 복도 양옆에는 격자무늬 창살이 있었다. 창살에 발린 얇은 종이는 곳곳이 삭아 늘어졌다. 복도의 천장 판과 바닥은 온통 휴지 조각처럼 구겨진 상태였다. 내가 한 발씩 디딜 때마다 엇갈린 마루가 세월과 부실 공사의 소리를 냈다. 복도를 걸을 때마다 배 속에서 이상한 종류의, 느껴본 적 없는 뜨거움이 들끓어 오줌이 마려웠다. 내 몸이 왜 이렇게 과민하게 반응하는지 이유를 찾기 시작했다. 복도의 벗겨진 벽면은 사라진 노숙자의 피부 같았다. 기다란 마루 상판이 갈리는 소리는 그 남자의 관절이 내는 소리 같았다. 무한궤도D는 사라진 남자의 변형된 모습일지도 몰랐다.

나는 남자와 무한궤도D가 무서웠다.

혼자라서 무서웠다.

복도 막바지에 닿을 때까지 크리스틴은 반응이 없었다. 나는 복도 끝 오른편에 있는 지저분한 미닫이문을 열었다. 방을 살피려고 휴대전화 플래시를 켰다. 방구석 모서리에 누군가 앉아 있었다.

"어이어이, 아저씨. 사유지인데 여기서 살림 차리시면 곤란합니다."

내가 소리쳤다. 어둠 속에서 남성치고는 체구가 작은 누군가가 대답했다.

"뭐? 아저씨? 나보고 아저씨라고?"

그 누군가가 제 앞에 놓인 작은 자개소반에 올려진 촛대에 불을 밝혔다. 나는 일순간 다리에 힘이 풀리며 기절할 지경이었다. 심장박동이 급격하게 치솟아 눈썹에까지 맥이 뛰었다. 나는 침을 삼켰다.

촛불이 동그랗게 밝힌 건 중년 여자의 얼굴이었다. 여자가 나를 바라보는 눈빛에는 의아함과 동시에 궁금하다는 느낌이 담겨 있었는데, 내가 흉가에 방문한 뒤 영상 편집을 할 때 우리 엄마가 나를 향해 곧잘 짓던 눈빛이었다. 여자의 슬쩍 벌린 입매는 무척이나 시원했고 양 볼은 촛불 심지에서 흔들리는 불빛과 비슷한 홍조를 띠어 미소가 영영 사라지지 않을 것만 같았다.

여자는 아오리 사과 빛이 도는 초록색 원피스를 입었으며 얼굴에는 화장기가 없었다. 그는 껍질 벗긴 사과처럼 예쁜 색깔의 손을 들어(여자는 여전히 쇠젓가락을 든 채였는데) 손가락을 까닥해 내게 짤막하게 인사했다. 누구세요, 내가 중얼댔다. 여자가 물었다.

"너는 누군데?"

"저요?"

여자가 소반에 놓인 수수팥떡을 한 입 베어 먹었다. 그가 떡을 씹으며 말했다.

"너 흉가 체험하러 왔니?"

"저요? 네."

나는 고개를 끄덕였다. 여자는 요즘 애들은 왜 이렇게 흉흉한 데에 놀러 다니는지 모르겠다고 푸념하며 나물과 밥을 꼭꼭 씹어 먹었다. 내가 혹시 이 주택을 나돌아 다니는 노숙자 한 명을 못 보았냐고 묻자 아오리 사과 여자가 웃었다. 나도 모르게 따라 웃었다. 나와 여자는 한동안 함께 실없이 웃었다. 가끔 우리의 웃음 사이로 밤바람에 찢긴 창호지가 흔들리는 소리와, 누군가 맨발로 걷는 기척이 났다. 여자와 나의 웃음이 곧 잦아들었다. 나는 이제 어떤 표정을 지어야 할지, 무엇을 해야 할지 전혀 감이 잡히지 않았기에 여자 옆에 잠자코 앉아 있었다. 여자는 익숙한 몸짓으로 제 뒤에 제법 묵직하게 쌓인 자루 입구를 풀기 시작했다. 불투명한 흰색 자루에는 '간수 뺀 염전 소금'이라고 굴림체로 쓰였다. 여자가 양손에 소금을 한 움큼씩 쥐고 내게 뿌렸다. 소금이 내 웃옷으로 들어가 간지러웠다. 여자가 말했다.

"소금은 흉가 체험의 기본이잖아. 방송하는 애가 소금도 안 뿌리고 하냐. 지난달에 왔던 애는 온몸에 비방을 치고 주택에 결계까지 쳐놨더라고. 너는 아마추어 같아서 귀엽네."

이어 여자는 숟가락으로 염전 소금을 한 움큼 퍼서 내 입에 집어넣었다. 혓바닥에 소금이 닿자 눈알이 튀어나올 정도로 짰다. 여자가 말했다.

"입가심으로 백설기 하나 먹고 가. 귀신 만나야지."

"혹시 주택 관리인이십니까?"

내가 가까스로 소금을 삼킨 뒤 거의 울먹이며 물었다. 여자가 고개를 끄덕였다. 내가 눈물을 닦으며 물었다.

"이곳을 노숙자가 제집처럼 드나들고 있어요. 신고하셨어요? 제가 본 건 한 명인데 더 있을지도 모릅니다."

"내가 그걸 왜 하냐. 네가 신고하든지."

여자가 잠깐 멈추었다가 다시 말했다.

"아마도 그 남자가 찾는 건 너일지도 몰라. 그냥 알고 있으라고. 내가 이렇게 말하니까 무서워? 귀신 나올까 봐? 그 남자, 귀신일 것 같지 않니?"

아오리 사과 여자의 말이 끝나자마자 크리스틴의 눈구멍에서 평소보다 짙은 코발트 빔이 쏟아졌다. 크리스틴이 눈을 밝힌 이래 가장 진한 빛이었다. 빔이 공중에서 무한 대 꼴로 경련했다. 도자기로 만든 크리스틴의 머리에 실금이 가더니 단숨에 박살 났다. 내 바지 주머니에 있던 전자기장 측정기가 최대치를 찍어 붉은빛을 발산하다 소리를 내며 터졌다. 휴대전화도 마찬가지였다. 옷에 지녔던 전자기기가 죄다 터져버리니 내 꼴이 말이 아니었다. 플라스틱과 금속, 유리 파편이 내 양팔에 촘촘하게 박혔다. 박힌 조각을 손으로 쓸어내자 습진처럼 촘촘하게 피가 고였다.

나는 내 모습이 무한궤도D에서 금방 사라진 노숙자의 행색과 비슷해진 것 같아 낭패스러웠다.

주위를 돌아보니 아오리 사과 여자가 없었다. 심령 장비가 반응한 건 그 여자 때문인 듯했다. 맙소사. 시발. 아오리 사과 여자가 귀신이었잖아. 머리가 길지도 않았고 입이 찢어지지도 않았는데 귀신이었잖아. 나는 곧바로 이마를 부여잡으며 비명을 질렀다. 매우 가냘프고 새된 비명이었다. 쪽팔렸지만 비명을 멈출 수 없었다. 나는 여전히 비명을 지르며 소반 뒤에 놓인 염전 소금을 양 주먹에 쥐고 바지 주머니에 넣었다. 주머니가 가득 차 더 이상 소금이 들어갈 자리가 없자 나는 아예 자루를 들고 내 머리 위에 쏟았다. 목과 겨드랑이, 벨트와 신발 안에 소금이 쌓였다.

나는 바지 뒷주머니에서 UV 라이트를 꺼냈다. 다행히 UV 라이트는 폭발하지 않았다. 라이트로 아오리 귀신이 앉아 있었던 소반 뒤편을 비추었다. 손을 하도 떤 탓에 보랏빛 광선이 흔들렸다. 어떤 자국도 보이지 않았다. 즉슨,

UV 라이트라는 과학적 지표에 따르면 소반 뒤에는 그 어떤 생명체도 앉아 있지 않았다는 것이다.

빌어먹을.

나는 UV 라이트 전원을 껐다. 바깥으로부터 땅에 젖은 맨발이 걸어오는 소리가 났다. 우물 근처에서 사라졌던 노숙자가 재등장한 것 같았다. 그 찌근찌근하고 검질하며 불쾌한 맨발 소리라니. 나는 방에서 나가기 전 소반에 오른 백설기를 입에 물고 씹었다. 또 혹여 아오리 사과 귀신까지 다시 등장해 내게 해코지할까 봐 문지방에 염전 소금을 가로로 길게 깔아 결계를 쳤다. 백설기와 소금은 흰색이었고 왠지 흰색이 나를 보호해줄 것만 같았다.

믿거나 말거나지만.

그토록 귀신을 원했으면서 막상 마주하니 열심히 결계를 치는 내 자신이 우스웠다. 동시에 드디어 귀신을 보는 시야가 뚫렸다는 사실에 들뜨기도 했다. 나는 복도로 나가며 연신 중얼댔다. 뚫렸다. 뚫렸다. 내게 드디어 귀신을 보는 시야가 뚫렸다. 하하하. 내게도 또 다른 시야가 생겼다. 내게도 새로운 세계가, 새로운 세계……. 부엌으로 이어지는 복도 반대편에서 검은 형체가 벽에 붙어 우물대는 것이 보였다. 내가 소리쳤다.

"야. 나와. 빨리 나와. 내 눈에도 보이니까 나와. 귀신이면 빨리 나와. 노숙자 아저씨면 빨리 꺼져."

물음의 대답은 다른 곳에서 왔다. 누군가 뛰어가는 소리가 천장에서 들려왔다. 뛰는 소리는 내 머리 위를 돌아 방공호 밑으로 향했다. 서라운드 음향으로 흘러나오는 발소리가 심장을 자극했기에 나는 더욱 크게 소리칠 수밖에 없었다.

"귀신이면 나오라고. 나한테 무슨 이야기를 하고 싶은 거야?"

발소리가 멈추었다. 내가 말했다.

"내게 할 말이 있으면 어서 대답해줘."

검은 형체가 방공호 계단으로 잽싸게 올라왔다. 형체는 내 어깨를 치고선 인간의 속도라고는 믿기 힘들 정도로 빠르게 복도를 지나갔다. 나는 가까스로 일어나 검은 형체가 사라진 방향을 가늠해보았다. 내가 전혀 갈피를 잡지 못하자 때마침 아오리 사과 귀신을 만났던 방으로부터 크리스틴의 대가리 속에 있던 전파 탐지 발광다이오드가 데굴데굴 굴러나왔다. 발광다이오드의 코발트빛이 건너편 방을 가리켰다. 내가 아직 둘러보지 않은 방이었다. 나는 크리스틴의 부품이 가리키는 방으로 향했다.

그 방의 문에는 문고리가 없었다. 문고리가 있었을 자리에 구멍이 뚫렸다. 구멍 사이로 손가락을 넣어보았다. 너무 차가운 나머지 작열감마저 도는 공기가 느껴졌다. 문을 밀고 방으로 들어갔다. 방의 사방 벽에는 골판지가 공백 없이 붙어 있었다. 골판지를 몇 겹이나 겹쳐 방에 붙였는지 모르겠다. 어떤 소리에도 틈을 허용하지 않겠다는 강박이 방을 지배했다. 이 방을 설계한 누군가는 골판지 방음재를 이용해 바깥으로부터 방을 밀봉하려고 의도했을 것이다. 도대체 왜, 누가 이 방에 갇혀 있어야 했기에? 골판지 벽에 붙은 달력은 1989년 12월에서 멈춰 있었다.

맙소사, 1989년이라고? 삼십사 년 전이었다.

페인트가 벗겨진 회색 리놀륨 바닥에는 죽은 새 여러 마리와 똥이 보였다. 방에 유일하게 있는 가구인 탁자 위에는 1989년에 발간된 잡지 『스크린』이 놓였다. 잡지 표지엔 할리우드 배우가 매력적인 미소를 짓고 있었다. 나는 잡지를 몇 장 넘겼다. 특별한 내용은 없었다. 탁자 다리는 세 발밖에 없었다. 부러진 나머지 다리는 멀찍이 방구석에 나뒹굴었다.

나는 UV 라이트 전원을 켰다. UV 빛이 벽을 조각내 밀봉의 방이 숨겼던 과거의 흔적을 내게 보여주었다. 벽을 메운 건 어마어마하게 많은 손자국이었다.

나는 어떤 모습으로 벽에 손을 대야 그런 자국이 날지 직접 실험해보았다. UV 라이트가 드러낸 모양대로 자국이 생기려면 양손으로 무언가 뜯어내는 동작을 해야 했다. 방에 갇혔던 누군가는 골판지로 만든 조악한 흡음재를 뜯고 무한궤도D의 바깥으로 나가려 노력한 걸지도 몰랐다. 감금, 봉합, 밀봉 같은 단어가 내 머릿속에서 굴러다녔다. 하지만 이 방에 갇힌 자가 볼 수 있었을 바깥세상은 오로지 『스크린』뿐이었을 것이다. 갇힌 자가 이곳에서 탈출했을까? 아니면 계속 갇혀 있었을까?

밀봉의 방에 갇혔던 사람은 지금 살아 있을까?

나는 UV 라이트를 방문에 비추어보았다. 내 발 사이즈와 비슷한 발자국이 드러났다. 방 안의 누군가는 문을 부수기 위해 발길질했다. 나는 눈을 감고 어둠 속에서 이 방의 과거를 그려보았다. 붉은색, 붉은색, 내 앞에 가상의 붉은 장막이 드리웠다. 상상 속 장막은 여러 개의 천을 기워 만든 퀼트 작품이었다. 나는 머릿속에서 커튼을 들추려고 손을 뻗었다. 커튼을 메운 패치워크마다 이름이 새겨진 것 같았다. 어떤 이름이 말이다. 아주 희미하게.

"너 거기 있냐?"

사라졌던 남자가 말했다. 나는 문을 열고 남자를 향해 소리쳤다.

"에이, 씨발아. 왜 나오라는 귀신은 안 나오고 자꾸 네가 나오냐?"

"너 거기 있냐? 뭐 하는 거야? 너 거기 있냐? 뭐 하는 거야? 뭐 하는 거야?"

남자가 밀봉의 방으로 들어왔다. 나는 남자를 향해 발길 질하다 미끄러졌다. 남자가 양손을 모아 무언가를 쥐는 자세를 취했다. 그는 내 눈에 보이지 않는 무기를 들고 나를 향해 휘둘렀다. 나도 무언가를 집어야 했다. 나는 부러진 탁자 다리가 있는 곳을 향해 기었다. 남자가 보이지 않는 무기를 내 등에 휘둘렀다. 분명 남자의 손에는 아무것도 들린 것이 없었는데, 내 견갑골 중앙에 타격감이 생생하게 돌았다. 나는 애써 잡은 탁자 다리로 남자를 찔렀다. 남자가 드러누운 나를 향해 고꾸라졌다. 각도 상으로 보았을 때 탁자 다리가 남자의 가슴팍을 관통했어야 했지만 남자는 용케 죽음을 면한 것 같았다. 내가 침을 튀기며 말했다.

"뒤질래. 너 말고 귀신 나오라니까. 귀신 말이야. 귀신. 유령. 한국말 몰라? 고스트."

남자가 팔꿈치로 내 쇄골을 눌렀다. 그가 나를 향해 가늘게 말하자 입에서 쉰내가 났다.

"얘야, 얘야, 얘야. 새아가. 새아가. 새아가. 새롬이. 새롬이. 새롬이."

새롬이? 새롬이는 누구지. 어둠에 가려 남자의 얼굴이 보이지 않았다. 쇄골을 누르는 남자의 힘이 거세졌다. 숨쉬기 힘들었다. 내가 기어가는 목소리로 말했다.

"나 결혼 안 했어."

"새아가. 내 말을 듣거라, 듣거라."

"결혼 안 했다고 했지. 나 돈 좀 벌게 해줘. 조회수 좀 빨자고."

"애야. 듣거라. 가장이 살아야 나라가 살지. 새롬이 같은 건 죽어야지."

남자가 뱀처럼 혀를 삭삭대며 제 이야기만을 지껄이는 동안 나는 바닥에 누워 허탈하게 웃었다. 사실 다른 유튜버들이 마주한 영적 현상이란, 우연과 방문자의 의도가 절묘하게 매듭으로 묶인 결과가 아닐까. 귀신의 언어를 번역하는 애플리케이션이 뱉은 '꺼져'라는 단어에 이어 쾅 닫히는 문 같은 장면은 폴터가이스트 현상의 증명이라기보다는 우연과 사건 발생의 재치 있는 교차 지점, 즉 운일 것이다.

나와 다른 유튜버들의 차이점이라면 그들에겐 운이 따랐고 내겐 아니라는 것이었다. 그렇다면 고스트 헌터로서 차별화를 꾀하기 위해 영상의 장르를 바꿔보는 게 어떨까. 심령현상 취재에서 사회 고발 다큐멘터리로. 나는 내 반응과 상관없이 계속해서 홀로 속삭이는 남자를 밀쳐냈다. 그런 뒤 가부좌를 틀고 앉아 말했다.

"아저씨. 말해봐. 바깥세상에 뭘 그렇게 전하고 싶은 건지. 유튜브에 영상을 올릴게. 흉가에 살 수밖에 없는 노숙자에 관하여 일반 사람들에게 전해줄게. 어때?"

내가 말을 마치자 남자가 일시에 입을 다물었다. 남자는 양팔을 허공에 대고 마치 점자를 읽어대듯 두리번댔다. 그러다 갑자기 내 쪽으로 손을 뻗었다. 손바닥으로 내 신체가 머금은 온기를 파악하려는 듯이. 내가 물었다.

"섬네일 제목은 뭘로 해줘? 유명 흉가에 공짜로 세 들어 사는 노숙자의 사연은 무엇인가?"

남자는 고개를 끄덕인 뒤 다소 다소곳한 말투로 말했다.

"가장이 살아야 나라가 살지. 새롬이는 나라를 망하게 할 거란다."

내가 웃었다. 남자는 내게 동의라도 구하는 것처럼 반복했다.

"새아가. 가장이 살아야 나라가 산단다. 새롬이 같은 아기는 태어나지 말아야 한다."

남자는 나처럼 가부좌를 틀고 앉아 자기 가슴팍에 손을 대고 무언가를 꺼내는 시늉을 했다. 그는 그 무언가를 꺼내 살포시 바닥에 내려놓고 펼치는 손짓을 했다. 남자가 섬세한 손길로 작은 새똥 하나를 집어 들어 내 얼굴 근처에 가져다 댔다. 남자가 말했다.

"이 알약을 한 알만 먹으면 새롬이가 바로 사라질 거란다. 약국에서 비싸게 사왔단다."

나는 새똥과 남자의 얼굴을 번갈아 응시했다. 알약을 먹으면 아기가 사라진다는 남자의 말이 내 내장 속에서 빙글빙글 돌다가 종국에는 갈비뼈를 밀어냈다. 배 속이 불쾌한 압력으로 빵빵했다. 나는 남자의 얼굴을 조준해 UV 라이트 전원을 켜 비추었다. 남자가 말했다.

"새아가. 약국에서 그러는데 이걸 먹으면 새롬이가 사라질 거란다. 약사가 말했단다. 약을 먹으면 아기 새롬이가 영원히 사라진다고 한다."

UV 라이트의 적자색 빛이 남자의 얼굴 전체를 밝혔다. 나는 남자의 눈동자를 겨냥해 UV 라이트를 더욱 가까이 댔다. 남자는 라이트가 제 얼굴 정면을 찌르는데도 불구하고 눈을 깜빡이지 않았다. 그의 동공은 UV 라이트를 반사하는 흰색이었다. 진주처럼 매력적으로 희다기보다는 곰팡이가 낀 달걀흰자의 불쾌한 흰색에 가까웠다. 남자가 말했다.

"새롬이는 태어날 가치가 없단다. 새아가. 가치가 없어. 새아가. 새롬이는 태어날 가치가 없는 아기란다. 새아가."

나는 주머니에서 소금을 꺼내 남자에게 뿌렸다. 남자는 가부좌를 튼 채로 쿵 하고 옆으로 넘어졌다. 나는 내가 소금을 뿌린 행동과 그에 이어진 남자의 반응이 그저 우연과 행동의 교차점일지 궁금했다. 그리고 이 장면을 녹화할 상황이 아니라는 것에 굉장히 탄식했다. 남자가 비명을 뱉었다. 남자는 자리에서 껑충 일어나 이전처럼 무기를 드는 시늉을 했다. 내 눈에 보이지 않는 적과 싸우는 모양이었다. 남자는 가상의 무기를 공중에 연신 찌르며 노래하기 시작했다. 내가 모르는 노래였다.

"아기가 자라게 되면 말이야, 내 친구들이 말했어. 그 아기는 미치게 될 거야. 내 친구들이 덧붙였지. 어느 날 그 아기는 우리 모두를 죽이게 될 거야."

남자는 노래를 멈추고 제자리에 바로 섰다. 그러다 보이지 않는 존재에게서 도망치려는 듯 벽 쪽으로 등을 바투 붙였다. 남자는 벽에 딱 붙은 채 턱을 천장으로 치켜들더니 무섭다고, 그만하라고, 보이지 않는 누군가에게 빌었다. 그러다 제 두 손으로 스스로 목을 부여잡고 기이한 비명을 반복적으로 냈다. 남자의 두 다리가 공중에 떠올랐다. 남자는 스스로 목을 조르는 와중에도 끈질기게 끽끽대며 노래를 이었다.

"어느 날 그 아기는 우리 모두를 죽이게 될 거야. 어느 날 그 아기는 우리 모두를 죽이게 될 거야. 새아가. 그만해라. 새아가. 그만해. 그만해. 숨을 못 쉬겠구나. 숨을, 숨을 못 쉬겠구나. 어른에게 이게 무슨 짓이냐. 무슨 짓인데, 무슨 짓이야. 놔, 놔, 놓으렴."

나는 상황을 관조했다. 남자가 나를 공격하면 언제든 방어할 수 있도록 일어날 태세를 갖추기도 했다. 한참을 노래하고 절박하게 빌던 남자가 가까스로 바닥으로 내려왔다. 그는 자기 머리가 무거운 마냥 비틀댔다. 겨우 중심축을 잡자 허공을 향해 주먹질했다.

"어딜 도망가려고. 도망가려고. 새아가. 너 도망가냐? 망할 년의 목을 비틀어버리겠어. 목을 비틀어, 비틀어 죽이겠어."

그가 잽싸게 밀봉의 방 바깥으로 나갔다.

남자가 나가자 긴장이 풀렸다. 나는 사지를 뻗고 바닥에 누웠다. 온몸에 바늘이 꽂히는 것 같았다. 잠시 허공을 쳐다보며 고통을 느껴보았다. 고통이 잦아들자 천장에 발린 골판지 표면에 희미하게 작은 얼굴이 드러나는 게 보였다. 나는 눈을 찌푸려 천장에 나타난 얼굴을 자세히 보려고 노력했다. 그건 갓 태어난 아기의 얼굴이었다. 아기의 표정이 시시때때로 바뀌었다. 저 아기가 바로 남자가 사라져야 한다고 단언했던 새롬이인 걸까. 나는 눈을 감았다.

골판지 아기가 입을 벌려 내게 사연을 들려주길 기다렸다. 대답이 없었다.

나는 눈을 떴다.

이번에는 다른 게 보였다. 내가 모르는 이름이 천장에 부유했다. 내가 전혀 들어본 적이 없는 이름이었다. 그러나 중·고등학교 때 내 옆에 앉아 고개를 끄덕이며 졸던, 함께 담배를 피우던, 자퇴했던, 일자리를 구했던, 자살했던, 살해당했던 여자 친구들이 부여받았을 법한 흔한 이름이었다. 골판지에 드리운 아기의 얼굴과 이름은 기억과 가능성의 응집이었다. 그러니까 귀신이었다. 인정해야 했다. 밀봉의 방 천장과 벽에는 온통 귀신들이 붙어 있었다. 귀신들은 침묵을 지키며 남자와 나의 사투를 지켜봤을 것이다. 나는 간략한 추리를 시작했다. 내가 노숙자라고 생각했던 남자 귀신은 이 방에 감금한 누군가와 갓 태어난 아기 혹은 배 속 아기를 알약으로 살해하려고 시도했다. 남자 귀신이 반복해서 하던 행동은 그가 살아생전 새아가라는 사람과 새아가가 임신했던 새롬이를 해하려고 했던 내러티브의 일부였다.

나는 귀신을 무서워하는 사람이지만 골판지 유령-아기의 경우에는 달랐다. 이건 이야기가 다르다. 나는 골판지 유령-아기를 도와야…….

생각이 거기까지 미치자 내가 마루에 설치해둔 심령 장비가 일제히 울렸다. 남자가 방에서 나가 대청마루 근방에 도착한 모양이었다. 남자는 내가 그를 처음 마주했을 때

했던 문장을 반복하고 있었다.

"도망갈 수 있다고 생각하냐?"

나는 바닥에 UV 라이트를 내려놓았다. 대신 부러진 탁자 다리를 들었다.

"도망갈 수 있다고 생각하냐?"

더 이상 내게 심령과 폴터가이스트 현상에 관한 과학적 증명은 필요 없었다.

"도망갈 수 있다고 생각하냐?"

남자가 유령이건 실제 사람이건 아니면 빌어먹을 인간과 유령의 중간 지대에 끼인 불행한 사념체 덩어리이건, 남자의 정체는 내게 더 이상 중요하지 않았다. 나는 무한궤도D를 가로지르는 남자에 대해 가장 간단하고 명료한 결론을 내렸다.

남자는 개새끼였다.

중요한 건 그거였다. 세상에, 무한궤도D에 계신 남자분, 당신이 언제 태어났고 죽었는지는 모르겠어, 당신이 사람인지 생령인지 귀신인지조차 모르겠어. (생령과 귀신의 차이는 유튜브 채널 '고스트 헌터 예보람'에서 확인해주세요.) 사실 당신의 생사는 나와 유튜브 시청자들에게 그렇게 중요한 문제는 아니야. 그런데 말이야. 그렇게 사는 게 좆같았어? 그 정도였어? 며느리와 아기를 죽여야 할 정도로?

당신이 속한 세계의 삶을 사는 게 그렇게 별로였어?

남의 삶을 앗아가야 할 만큼?

그러니까 나는 당신을 힘껏 패야겠어. 만약 당신이 귀신이 맞는다면 한 번 더 죽어버려. 당신은 어차피 죽었잖아. 뭐, 어때.

나는 남자와 마주치지 않기 위해 부엌 뒷문으로 향했다. 발뒤꿈치를 들고 소리 나지 않게 걸어 뒤뜰을 거쳤다. 우물을 지나 무한궤도D의 앞마당에 도착했다. 삼각대에 설치한 카메라 전원은 이미 꺼졌다. 그나마 마루에 늘어놓은 심령 장비들은 작동하고 있었다. 인센스 홀더에 꽂아둔 수십 개의 향, 촛대에 꽂은 여섯 개의 초 역시 불을 밝혔다. 나는 카메라 삼각대 옆에 굳게 서서 대청마루 전경을 주시했다. 탁자 다리를 쥔 손에 힘을 주었다.

남자가 대청마루에 등장했다. 심령 장비들이 일제히 소음과 빛을 발하다 전부 배터리가 나갔다. 인센스 홀더에 꽂은 향 연기가 무리를 이루어 남자를 가리켰다. 남자는 내가 그를 처음 마주했을 때처럼 안광을 빛냈다. 나는 남자의 퍼포먼스를 지켜볼 생각이었다. 남자는 역시나 내가 무한궤도D에 당도한 지 얼마 되지 않았을 시점에 했던 행동을 반복했다. 어정쩡한 포즈로 댓돌 밟고 마당으로 내려오기, 허공을 향해 팔을 뻗어 내 눈에는 보이지 않는 것을

낚아채기, 낚아챈 존재를 바닥에 뉘어 목 조르기. 그 와중에 펄럭이는 낡고 지친 흰색 빤스. 남자는 자신의 극 대본에 따라 행위예술을 하고 있었다. 그가 쉰 목소리로 속삭였다.

"내 말을 듣고 약을 먹었어야지. 약을 먹었어야지. 약을 먹어야지."

남자가 보이지 않는 대상, 즉 며느리의 목을 조르는 시늉을 했다. 그는 보이지 않는 며느리의 입을 벌린 뒤 흙을 차곡차곡 집어넣었다. 내 입에도 흙이 씹혔다. 흙 알갱이가 잇몸을 긁었다. 잇몸과 흙이 맞물려 입속에서 비린내가 났다. 나는 어쩐지 불쾌했다. 내 입술 바깥으로 피와 흙이 섞인 찌꺼기가 터져 나와서 그런 건 아니었다. 내 신비로운 불쾌함, 갈비뼈를 누르는 못마땅함은, 전적으로 남자를 향했다. 나는 부러진 탁자 다리를 들고 남자에게 향했다.

탁자 다리로 남자의 머리를 내리쳤다. 소용없었다. 탁자 다리가 남자의 몸을 투과했다. 남자는 내가 무기를 휘두르든지 말든지 관심을 두지 않았다. 대신 쉼 없이 중얼댔다. 그건 그가 강제로 약을 먹이고, 목을 조르고, 미상의 무기로 등을 찌른 며느리와 아기에게 퍼붓는 저주였다. 남자의 기나긴 욕설이 피부염처럼 내 몸에 눌어붙었다. 나는 참을 수 없었다. 가만히 있을 수 없었다. 움직여야 했다. 먼저 움직인 건 남자였다. 남자가 우물을 향해 달렸다. 나는 그를 따라갔다. 그는 우물을 향해 양팔을 뻗으며 울부짖었다.

"아직도 안 죽었냐. 안 죽었냐. 정말 안 죽었냐. 지겹다, 지겨워, 지겹다. 새아가, 새아가, 새아가. 약 먹고 너랑 새롬이 둘 다 죽어. 죽어, 죽어."

나는 바지 주머니에 수북한 소금을 꺼내서 쥐고 그를 뒤따랐다. 조금만 더 손을 뻗으면 남자를 잡을 수 있었다. 나는 신성한 소금을 남자에게 뿌릴 것이다. 깨끗하고 정화된 소금의 힘으로 남자를 두드려 팰 것이다. 남자가 며느리와 아기를 그토록 학대했던 것처럼 말이다. 나는 남자에게 폭력을 되돌려줄 것이다. 남자는 자신이 발산한 모든 것들, 폭력과 학대, 욕설을 전부 되받아야 했다.

그것이 내가 무한궤도D에 온 예상치 못한 사명일지도 몰랐다.

우물로 향하던 남자가 자갈에 발을 헛디뎠다. 그가 고꾸라지며 얼굴을 우물에 박았다. 두꺼운 나뭇가지가 부러지는 소리가 났다. 우물에 부딪힌 남자의 목이 직각으로 꺾였다. 나는 달리다 멈추었다. 내 입속에서는 여전히 흙이 씹혔다. 남자의 목이 꺾이며 피가 솟았다. 피비린내가 났다. 남자에게서 나는 냄새인지, 내 입속에서 나는 냄새인지 확신할 수 없었다.

남자의 사지는 형광기가 돌 정도로 하얀색이었다. 그의 몸은 이게 가능할까 싶을 정도로 기이하게 꺾여 있었다. 나는 혓바닥으로 입 안쪽을 훑은 뒤 침을 뱉었다. 흙 알갱이와 핏덩이는 없었다. 어쩌면 내가 맡고 있는 피비린내 역시 가짜일 수도 있었다.

그래, 이 모든 게 믿거나 말거나지만.

목이 꺾여 누워 있는 남자의 형체가 불투명하게 변하고 있었다. 곧 그의 몸은 투명한 막에 싸여 그 안에서 잘게 분해되었다. 나는 속이 비치는 장막 안에서 일어나는 독특한 광경을 목격했다. 장막 안에서는 인간이 탄생하는 모든 과정이 반복되었다. 나는 그 광경을 보고 오래전에 읽었던 아서 매켄의 단편 「위대한 신, 판」의 문장이 떠올랐다.

그 형체는 불안정한 상태로 성별이 계속 바뀌었으며 분화를 거듭하다가 다시 합쳐졌다. 그러더니 짐승 수준으로 전락했다가 다시 고등한 수준으로 올라왔다. 절정에 이른 육신은 다시 깊은 곳, 존재의 나락까지 추락했다. 나는 내 앞에 어슴푸레하게 나타난 어떤 '형체'를 봤는데, 그것에 관해 더는 묘사하지 않을 것이다. 다만 이 형체의 상징은 고대 조각상이나 용암 아래에서 살아남은 그림 속에서 볼 수 있을 법한 것이다. 말로 표현하기에는 너무 역겹고 인간도 짐승도 아니며 끔찍

하고 형언할 수 없는 이 형상은 죽음을 맞이했다.*

죽음을 맞이한 남자의 형체는 주먹만 한 핵으로 변모했다가 방울토마토만 해졌다가, 진주만 해졌다가, 종국에는 공중에서 모습을 감췄다. 남자의 몸체가 있었던 우물 근처에는 희미하고 고루한 탄 냄새만이 자리를 지켰다.

남자의 형상이 사라진 배경으로 어슴푸레하게 달빛이 비쳤다. 나는 내 손으로 남자를 끝내지 못해서 아쉬웠다. 내가 소리쳤다.

"야. 나와. 다시 나오라고."

대청마루에서 반응이 없었다.

"나와. 다시 나와."

나는 전원이 고갈된 심령 장비들이 널린 대청마루를 향해 천천히 걸었다. 인센스 홀더에 꽂은 수십 개의 향이 전부 타서 재로 변했다. 여섯 개의 초가 짤막하게 남은 몸체까지 태우며 마지막 불꽃을 드러냈다. 초가 다 탔다. 어두워졌다. 어둠이 완벽히 자리 잡자 내 귀에서 윙윙대는 소리가 났다. 나는 그 소리에 귀를 기울였다. 높낮이가 없는 그 소리가 이어지며 꼬리를 길게 뺐다. 길고, 길고, 길어진

* 아서 매켄, 「위대한 신, 판」, 『아서 매켄 단편선 1』 이미경 옮김, 와이드마우스, 2020, 108~109쪽, 원문에서 발췌, 인용하였다.

소리는 이내 시선으로 변모했다.

어둠 속에서 누군가가 나를 지켜보고 있었다.

나는 주머니에서 라이터를 꺼내서 켰다. 불꽃의 길이가 평소보다 길었다. 무한궤도D를 반복적으로 회전하는 남자를 향한 나의 노여움도 불꽃의 길이만큼 길어졌다. 어쩌면 나의 분노는 온전히 나의 것만은 아닐지도 몰랐다. 무한궤도D가 내게 물려준 걸지도 몰랐다. 나는 휘파람을 불었다. 라이터 부싯돌을 당긴 엄지가 따가워서 부싯돌을 놓쳤다. 불이 꺼졌다. 사위가 어두워지자 다시금 미지의 시선에 가두어진 기분이 들었다. 나를 보호해줄 것은 오로지 불꽃이다. 빛, 빛만이 나의 수호자다. 나는 다시 휘파람을 불며 라이터 부싯돌을 튕겼다. 대청마루 멀리서 남자가 말을 꺼냈다.

"너 거기 있냐?"

나는 귀를 기울였다. 남자의 발소리가 대청마루를 지나 복도로 건너갔다. 나는 남자를 따라 복도로 향하다가 또다시 손가락이 따가워져서 라이터 부싯돌을 놓쳤다. 비릿한 냄새가 코를 스쳤다. 남자가 내 등 뒤까지 걸어와 신음 섞인 목소리로 중얼댔다. 내 등에 미세한 전류가 흘렀다. 간지러웠다.

"새아가. 내 말을 듣거라, 듣거라."

나는 라이터를 켰다. 내 뒤에 서 있던 남자가 입을 벌리고 흡입기에 빨려 들어가는 듯 비명을 질렀다. 그는 내 등을 치고 밀봉의 방으로 재빨리 기어갔다. 나는 남자의 속도에 휩쓸려 복도에서 넘어졌다. 남자에게 어깨를 맞은 탓에 가슴이 텁텁했다. 욕지기가 솟아올랐다.

"새아가. 듣거라. 가장이 살아야 나라가 살지."

내가 구역질하며 휘청대던 도중 라이터 불씨가 복도 양옆 창살에 발린 창호지에 붙었다. 불씨가 종이에 작은 구멍을 냈다. 구멍의 테두리가 까맣고 붉게 변하기를 반복했다. 구멍은 삽시간에 커졌고 나무 창살로 번졌다. 골판지로 밀봉한 방에서 홀로 퍼포먼스를 이어가는 남자의 말소리가 은은하게 들렸다.

"한 알이면 새롬이가 사라질 거란다. 양씨에게 받았다."

불길이 복도와 미닫이문을 향해 피부병처럼 옮았다. 흑색 연기가 부유하며 천장까지 차올랐다. 천장 자재가 갈래갈래 찢겨 무너져 내렸다. 나는 무너진 천장 자재를 헤치고 밀봉의 방으로 발걸음을 옮겼다.

"어느 날 새롬이는 우리 모두를 죽이게 될 거야."

내 머릿속은 골판지에 드리웠던 아기의 얼굴을 봐야 한다는 생각으로 가득했다. 아기의 과거, 현재, 미래를 구해야 한다는 어리석은 사명감이 내 갈비뼈 속에서 불길만큼이나 치솟았다. 나는 무한궤도D를 떠나기 전에 반드시, 밀봉된 방의 얼굴에게 안부를 먼저 묻고 나가야 했다. 내 갈비뼈가 품은 정서는 그랬다.

"어느 날 새롬이는 우리 모두를 죽이게 될 거야."

남자가 노래하는 소리가 희미하게 들렸다. 창틀과 벽이 무너져 내 어깨로 떨어졌다. 나는 내 근거리에서 타오르는 불을 헤치고 밀봉의 방 앞에 도착했다. 무한궤도D의 절반이 무너져 내렸다. 나는 방 안으로 들어갔다. 방 안의 남자는 일전에 그랬던 것처럼 벽에 등을 대고 두 손으로 제 목을 맞잡은 채 공중에 떠올라 있었다. 남자가 힉힉대며 끈질기게 노래를 이었다.

"어느 날 새롬이는 우리 모두를 죽이게 될 거야."

불길이 남자의 양옆으로 깃털처럼 솟았다. 남자가 불길 안에서 발버둥질했다. 밀봉의 방은 그 자체가 커다란 사진 프레임처럼 보였다. 프레임 속의 방은 과다 노출로 망친 사진의 모습과 비슷했다. 화염이 덧칠한 광경 사이로 어떤 이름이 오련히 떠올랐다. 나는 이름을 읽어보려고 목을 길게 뺐다. 한 여자아이의 이름, 새롬이가 느긋하게 드러났다. 그 이름은 남자가 죽이려고 시도했던 아기의 이름이었을 것이다. 나는 밀봉의 방에 떠오른 이름을 내 망막 안에 넣고, 갈비뼈 속으로 품었다.

방 천장이 아주 내려앉기 시작했다. 나는 머리통부터 운동화까지 재와 불티를 뒤집어썼다. 온몸에 먼지로 만든 털이 생긴 것 같았다. 호흡이 편해졌고 묘한 해방감이 들었다. 구역질도 나지 않았다. 나는 무한궤도D가 무너진 뒤 다시 지어질까 궁금했다. 하나 더 궁금한 게 있었다.

나는 여기서 불에 타 죽는 걸까.

누군가가 나를 불렀다. 뒤를 돌아보니 아오리 사과 여자가 문가에 한쪽 어깨를 기대고 삐딱하게 서 있었다. 여자의 녹색 드레스가 불꽃에 반사되어 광택감이 돌았다. 여자가 한쪽 귀를 만지작대며 내게 말했다.

"다 봤어? 이제 나가자."

여자의 말투에는 어떤 의미도 담겨 있지 않았다. 그저 사실을 전달하는 일반적인 투였다.

"피곤해. 나가자."

여자가 덧붙였다. 그가 나의 팔짱을 꼈다. 내 팔뚝으로 파고드는 여자의 악력이 느껴졌다. 따뜻했다. 여자의 맥이 내게 전해졌다. 솔직히 말하자면 나의 맥박인지 여자의 것인지 구별되지는 않았다. 여자와 나는 서로를 부축하듯 몸을 맞대고 복도를 지나 뒷문으로 나갔다. 이따금 갈기갈기 찢긴 목재 틈으로 유기체처럼 몸을 뒤트는 화염 불빛이 비치기도 했다. 복도를 지나는 동안 나의 어깨와 여자의 초록색 치맛단에 불씨가 튀었지만 우리의 몸은 깨끗했다. 온전했다. 우리의 심장박동은 정상이었다. 우리의 피부는 타지 않았다. 우리는 뜨겁지 않았다.

우리는 가까스로 무한궤도D의 마당에 도착했다. 커다란 알이 깨지는 소리가 났다. 무한궤도D가 이층 다락방부터 천천히 무너졌다. 심령 장비와 향과 촛불과 남자와 남자의 반복적인 행위와 여자아이의 이름은 불 속에 한데 섞여 구분할 수 없었다. 아오리 사과 여자와 나는 거센 화염 사이를 지나 주택의 정문 앞에 섰다. 여자는 불에 달궈진 뜨거운 양철 손잡이를 잡고 내게 나가라는 시늉을 했다. 내가 여자에게 말했다.

"같이 나가요."

"이름을 기억해줘."

"네?"

"네가 본 이름을 기억해줘."

여자가 마른 숯처럼 검게 탄 조약돌을 내게 넘겼다. 나는 돌을 받아 들고 여자가 열어주는 대문 바깥으로 나갔다. 여자가 문을 닫고 무한궤도D 안에 머물렀다. 대문이 닫히자마자 불에 탄 주택 안에서 여러 명이 웅성거리는 소음이 났다. 웅성거림이 멎자 무한궤도D는 폭삭 주저앉았다. 어디서도 사이렌 소리가 들리지 않았다. 충무로에 거주하는 어느 주민도 파자마 차림으로 바깥에 나와 이 악명 높은 주택이 불타는 광경을 구경하지 않았다. 나는 어둠과 불의 중간 지대에 서서 무한궤도D가 더위와 과거의 뒤안길로 녹아가는 과정을 느리게 묵도했다. 여자가 내게 부탁한 게 떠올랐다. 이름을 기억해야 했다. 내겐 펜과 종이가 없었다. 나는 여자가 내게 준 검은색 조약돌로 왼쪽 손바닥에다 밀봉의 방에서 본 이름, 새롬이를 써보았다. 이름을 기억하는 것이 무한궤도D에 온 나의 의무라는 생각이 들었다.

어쨌든 믿거나 말거나지만.

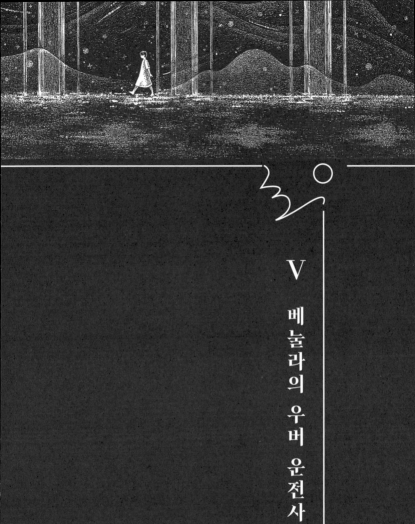

V

베눌라의 우버 운전사

재이가 일곱 손가락으로 자동차 운전대를 툭툭 치며 말했다.

"미아. 들어봐요. 그 여자아이가 태어난 건 순전히 운 때문이었어요."

조수석에 앉은 발렌티나와 뒷자리를 차지한 미아는 재이가 홀로 지껄이도록 내버려두었다. 그들의 관심사는 재이의 이야기가 아니었다. 발렌티나는 차창을 열고 길거리의 잠재적 바운티 헌터들, 현상금 사냥꾼들을 살펴보았다. 그런 뒤 귀걸이를 만지며 미아를 돌아보았다. 차량 라디오에서 수요일을 맞아 토론 프로그램이 흘러나왔다. 미아는 양 갈래로 땋은 머리를 연신 묶었다 풀었다 했다. 라디오의 보수 측 패널이 소리쳤다. 법을 어기는 여자들에게 엄격한 처벌을 해야 한다고 말이다. 발렌티나는 미아가 앉은 뒷좌석으로 고개를 돌려 물었다.

"많이 배고파요? 타코벨 좋아해요?"

미아가 고개를 끄덕였다. 재이가 주머니 속의 돌을 만지작거리며 계속해서 말했다.

"여자아이의 부모님은 지금의 베눌라 대통령과 같은 의견을 가진 사람이었어요. 미아, 당신과 대척점에 있는 사람들 말이에요. 당신이 잘못했다고 생각하는 사람들이요."

재이는 도로를 십 미터가량 직진한 뒤 코너를 돌았다. 근거리에 타코벨이 보였다. 그 타코벨은 발렌티나의 여자 친구가 운영하는 지점이었다. 재이는 타코를 좋아하지 않았지만 베눌라의 수도에서 유일하게 안전한 식당이었기에 매번 타코벨에 들렀다. 재이와 발렌티나는 미아 이외에도 벌써 수십 명의 임신중절 의뢰 클라이언트와 타코벨 레스토랑을 찾았고, 발렌티나의 여자 친구 덕분에 안전하게 식사를 마칠 수 있었다.

재이와 발렌티나, 미아가 차에서 내려 타코벨로 향했다. 가게 정문 옆에서 맨 번 헤어를 하고 목젖까지 수염을 기른 남자가 대마초를 빨았다. 그가 등을 기댄 벽에는 베눌라 정부가 붙여놓은 포스터가 반 정도 찢어져 있었다. 포스터에는 이렇게 쓰였다.

'소중한 생명을 살해하는 낙태는 불법입니다.'

누군가 벽에 포스터를 향해 검은 래커 스프레이로 화살표를 치고, 병신들, 이라고 써놓았다. 멀리서 보면 마치 맨번을 한 남자가 병신 중 하나 같았다. 재이는 주먹을 쥔 채 남자를 응시했다. 저 새끼 현상금 사냥꾼이지 않을까? 베눌라 정부는 낙태하는 여성과 그를 돕는 운전사, 중절 수술을 진행한 의사에게 미국 화폐 만 달러의 현상금을 걸었다. 베눌라는 국토의 팔십 퍼센트가 숲인 나라였고 지독한 후진국이었다. 현상금 사냥꾼은 인스타그램 인플루언서, 틱톡커, 유튜버에 이어 십 대 아이들의 꿈이었다. 그 아이들은 중절 수술이 전면 금지된 시기, 일명 베눌라의 지하 시기였던 2000년대 초중반에 태어난 아이들이었다. 2005년, 정권이 바뀌고 낙태금지법은 폐지되었으나, 2022년 보수 정권이 쿠데타를 일으켜 권력을 잡은 뒤 부활했다.

"맨날 숨어 다니는 거 좆같네."

발렌티나가 말했다. 미아는 이마와 인중에 땀을 뻘뻘 흘리며 그제야 처음으로 웃음을 짓고는 발렌티나를 따라 씨발, 하고 욕을 뱉었다. 재이는 발렌티나와 미아 뒤에서 그들을 나름대로 호위하며 주머니 속에 있는 호신용 가스총을 계속해서 복기했다. 가스총 이외에도 재이의 바지 뒷주머니에 작고 날카로운 칼이 있었다. 자동차 안엔 야구방망이도 있었다. 재이와 발렌티나가 바운티 헌터에게 잡혔을 때 쓸 무기였다. 두 사람은 바운티 헌터에게 대여섯 번 잡혔었다. 그래도 그들이 헌터를 죽인 적은 없었다. 두 사람은 대부분 헌터에게 죽도록 맞고 가까스로 도망쳤다.

지난주, 재이는 바운티 헌터를 피해 남의 차를 훔쳐 타다가 차량 압축 도어에 끼어 오른쪽 검지와 중지, 왼쪽 검지가 절단되었다. 발렌티나가 한참 동안 자동차 주위를 살피며 찾았지만, 손가락은 없었다. 사고 후 이틀 정도 지나자 상처는 어느 정도 아물었다. 하지만 재이가 잘 다뤘던 가스총을 자유롭게 사용할 수는 없었다. 재이는 총을 들고 오른손 약지나 왼손 중지를 이용해 방아쇠를 당겨보려고 노력했지만 쉽지 않았다. 보다 못한 발렌티나가 아랫집 페드로 아저씨에게 부탁해 재이의 손가락 의수를 맞춤으로 제작했다. 페드로 아저씨는 재이에게 전화로 내일 오후에 가짜 손가락 세 개를 가지러 가게에 들르라고 말했다. 재이는 시간을 맞추는 데 문제가 없을 거라고 페드로 아저씨에게 전달했다.

재이가 오늘의 의뢰인인 미아만 제대로 이동시킨다면 새로운 손가락을 얻을 테고, 다시 예전처럼 총을 쏠 수 있을 것이다. 예전보다 더 많은 여자를 구할 것이다.

문제가 없을 것이다.

재이가 타코벨 레스토랑 문을 밀자 차임벨이 울렸다. 계산 데스크에 앉아서 귀를 파던 발렌티나의 여자 친구인 비시오나가(비시오나는 미덥지 않은 이름을 가졌지만 누구보다도 충성스러운 여자였다) 재빠른 동작으로 정문을 잠갔다. 종소리가 멎었다. 바깥의 맨 번 헤어는 더 피울 대마초가 없는데도 계속해서 자리를 지키는 중이었다. 저 수상한 새끼가 방금 와서 나도 어쩔 수 없었다고. 비시오나가 투덜댔다. 주방에서 비시오나의 엄마가 프라이팬을 예열했고 동생이 채소를 손질하기 시작했다. 감자 굽는 냄새가 나자 미아와 발렌티나가 그간의 경계 태세를 풀고 축 늘어져 창가 상석에 자리를 잡고 앉았다. 비시오나가 세 여자가 앉은 테이블로 으깬 얼음을 잔뜩 넣은 라임 주스 세 잔을 가져왔다. 그가 재이와 발렌티나에게 조용히 말했다.

"닥터X와 오전에 연락이 닿았어. 병원 주변에 수상한 놈들이 많대. 너희들이 꼭 오늘 와야 하는지 물었어. 점심 먹고 바로 연락 달래."

발렌티나가 담뱃불을 붙이고 재이를 쳐다봤다. 재이가 비시오나에게 고개를 끄덕였다. 비시오나가 주방으로 향하자 재이가 차에서 하던 이야기를 이었다.

"그 아이의 형제는 여자 네 명, 남자 한 명이었어요. 사랑스러운 다섯 남매였어요. 하지만 엄마에게 여자아이들은 남자아이를 낳기 위한 정류장일 뿐이었어요. 우리가 닥터X를 만나기 전, 타코벨 레스토랑에 들른 것처럼, 여자아이들은 남자아이를 낳기 위해 지나쳐가야 할 장소일 뿐이었어요."

미아가 재이에게 물었다.

"남자아이를 낳기 위해 기다린 거라고요?"

발렌티나가 재이 대신 고개를 끄덕였다. 발렌티나는 뼛속까지 베눌라 로컬이었지만 재이에게서 한국의 1990년생 여아 선별 낙태에 관한 이야기를 골백번 들었으므로 자신 있게 고개를 끄덕일 수 있었다. 비시오나의 동생이 부리토와 치킨이 들어간 타코, 파히타, 치즈가 늘어진 케사디야, 멕시칸 감자와 볼 안에 담긴 스테이크 샐러드를 테이블로 서빙했다. 재이가 말했다.

"다른 집은 남자아이를 얻기 위해 여자아이를 지웠어요. 하지만 그 집은, 젠장, 그래요, 우리 집은 중절 수술을 하는 대신 아들을 낳을 때까지 기다린 것뿐이에요. 그러므로 나와 자매들은 자랄수록 정신적 중절을 당하게 되었어요. 우린 부모님의 진정한 자녀가 아니었어요."

재이는 창 너머에서 대마초를 피우는 맨 번 헤어를 흘끗 보았다. 남자의 귀 뒤쪽에 하켄크로이츠 타투가 있었다. 저

새끼는 뭘까. 설마 총을 가졌을까. 날 잡으러 왔을까. 사워크림을 한껏 삼킨 것처럼 재이의 미간이 시큰했다. 미아가 입에 소스를 잔뜩 묻히고 눈썹을 까딱였다. 그는 정신적 중절의 의미를 물었다. 재이가 말했다.

"그 아이는 1990년생인데요, 한국에는 1990년생 여자아이에 관한 괴이한 전설이 있어요."

발렌티나가 하품 섞인 목소리로 재이의 말을 가로챘다.

"좆같은 거 있어요. 1990년이 말의 해라는데 그 말이 사람을 죽이는 말이라나. 미아, 베눌라에서 말, 특히 하얀 말은 행운의 상징이잖아요. 한국에선 말의 기운을 타고난 여자들이 살인자가 된다나, 뭐라나. 미친 좆같이. 말발굽으로 누굴 밟아 죽이기라도 하는 건가."

발렌티나가 말을 마치고 고개를 젖혀 크게 웃었다. 미아는 발렌티나를 문득문득 보며 작게 미소 지었다. 비시오나가 가게에 튼 팟 캐스트에서는 정치인들이 나와서 두 달 전부터 국가가 내건 현상금에 관한 의견을 나누었다. 테이블 조명등에 달린 하얀색 말 오너먼트가 에어컨 바람과 정치인들의 과격한 어조에 흔들렸다. 미아가 오너먼트를 보며 물었다.

"한국에서 낙태당하지 않고 기적적으로 태어난 아이가 베눌라까지 와서, 이름도 없고 밀교적인 단체와 함께 일하고 있군요. 당신이 베눌라 여자들의 중절 수술을 위해 여기로 온 이유는 뭘까요? 불법체류까지 하면서. 위험을 무릅쓰면서."

재이는 턱에 손을 괴고 일 분 정도 대답이 없었다. 그가 말했다.

"뭐든 우리에게 좋은 쪽으로 행동해야 하니까. 어쨌든 나는 죽지 않고 태어났으니까. 그리고 무엇보다도, 나는 존나 세니까."

미아가 잠시 멈칫했다. 재이가 말했다.

"의뢰인들이 우리에게 불신을 가질 때도 있다는 거 이해해요. 현재 국가가 정상적인 상황이 아니잖아요."

미아가 고개를 끄덕였다. 비시오나가 손가락을 튕겨 떠날 시간을 알렸다. 맨 번 헤어는 여전히 문 근처에서 서성였다. 재이는 발렌티나와 미아를 뒷문으로 보낸 뒤 그 자신은 정문으로 향했다. 발렌티나가 뒷문이 닫히기 전에 소리쳤다.

"돈 페드로가 내일 꼭 오라고 한 거 잊지 않았지. 어? 새 손가락 가져야지."

재이가 고개를 끄덕이며 타코벨 정문으로 향했다. 그 혼자서 따로 할 일이 있었다. 라디오 팟 캐스트에 출연한 정치인이 어조를 높였다. 재이가 아무리 열심히 스페인어를 배운다 한들 베눌라어를 완벽하게 알아들을 수는 없었다. 특히 팻 캐스트의 정치인은 사투리를 썼기에 더욱 알아들을 수 없었다. 정치인의 목소리가 재이의 귓구멍을 기점으로 몸속에 침투해 혈액을 따라 흘렀다. 재이는 온몸으로 정치인의 어조를 느꼈다. 정치인의 어조는 뜨거웠고 붉었다. 재이는 항상 다른 사람의 어조를 신경 썼다.

재이는 베눌라에서뿐 아니라 한국에서도 평생 다른 사람들, 특히 어른들의 어조를 파악해야 했다. 어른들은 재이에게 항상 이렇게 말했다.

재이, 너는 듣던 대로 정말 센 아이구나.

어른들이 뱉은 문장의 피부가 감춘 어조는 빈정거림이었다.

재이 너는 듣던 대로 남자들의 기를 죽이는 여자아이구나. 와, 듣던 대로 기가 정말 세다, 너.

재이는 그런 소리를 들을 때마다 주먹을 쥐었다. 그리고 되뇌었다. 나는 세구나. 존나 센 사람이구나. 그러니 남들이 할 수 없는 힘든 일을 맡아야만 하는구나. 한국을 넘어 전 세계의 여자들에게 존나 센 내가 필요하구나.

재이가 문을 열고 가게 바깥으로 나갔다. 차임벨이 울리자 맨 번 헤어가 재이를 향해 고개를 틀었다. 재이의 가슴이 뜨거워졌다. 맨 번 헤어가 끔찍한 입냄새를 내뱉으며 재이에게 물었다.

"아이스 있어? 안에서 아이스 한 거지? 경찰에 신고하기 전에 나한테도 주지 그래?"

맨 번 헤어는 바운티 헌터는커녕 흔한 마약 중독자였다. 재이는 썩은 치즈 빛깔을 띤 남자의 얼굴을 보고 말했다.

"아이스는 가게 안에다가 물어봐. 나는 몰라. 미친놈아."

저 사람이 정키라 다행이군. 재이는 한숨을 들이마시며 가게 옆 공중전화로 향하다가, 맨 번 헤어에게로 돌아갔다. 그는 맨 번 헤어의 정강이를 걷어찬 뒤 다시 공중전화 부스로 향했다. 베눌라는 인터넷 사용량이 높은 나라다. 국민 대부분이 인터넷 전화를 쓴다. 정부가 랜선을 통해 국민을 감시하는 걸 알면서도 사람들은 인터넷 전화를 쓴다. 공짜니까. 정부는 인터넷이 대중화된 이후 아무도 쓰지 않는 연노란색 공중전화 부스를 대부분 철거했다. 그럼에도 부스가 남아 있는 곳이 몇 있었다. 그중 하나가 비시오나의 가게 옆이었다.

공중전화 부스 표면에는 스티커 자국이 눌어붙었고 지저분한 똥물이 튀었다. 골백번 죽고 그보다 더 죽은 것 같은 외향의 공중전화는 놀랍게도 작동했다. 이 공중전화도 곧 사라지겠지. 굴착기로 긁어내겠지. 재이가 동전 두 개를 넣자 수화기에서 통화 가능 신호음이 울렸다. 그는 어젯밤에 닥터X로부터 새로 받은 전화번호가 적힌 메모를 보며 숫자 버튼을 눌렀다. 통화 수신음이 울렸다. 멀리서 총소리가 들렸다. 재이의 목덜미에 따갑게 소름이 돋았다. 재이는 무의식적으로 주머니에 손을 넣어 검은색 돌을 만졌다. 그가 전화를 끊어야 하나 걱정하던 중 닥터X가 응답했다. 재이가 닥터X에게 말했다.

"여자를 데리고 중간 포인트까지 도착했음."

"숲 근처에 수상하리만치 여행객이 많음. 꼭 오늘 와야만 하나?"

"그동안 데리고 가지 못한 의뢰인이 많다. 오늘 한 명이라도 더 데려가야 한다."

"의뢰인이 위험해질 수도 있음."

"의뢰인이 다치지 않게 노력하겠다."

침묵.

닥터X가 한참 뒤 말했다.

"조심해서 시간 맞추어 오길."

재이가 수화기를 내려놓았다. 그는 한참 동안 자세를 바꾸지 않고 주위를 살폈다. 주머니의 돌을 문지르며 주위를 살피는 건 베눌라에 온 이래 오랜 습관으로 굳었다. 재이는 닥터X의 전화번호가 적힌 종이를 구겨 주머니에 넣었다.

재이와 발렌티나, 미아, 세 사람은 닥터X의 지시에 따라 계획 변경 없이 병원으로 향했다. 정확히는 병원으로 향하는 고속도로로 빠지기 위해 시내에서 한 시간째 시간 낭비 중이었다. 오늘 늦더라도 의사들이 기다려줘야 할 텐데. 혹시 오늘 무슨 일이 생기더라도 돈 페드로도 날 기다려줘야 할 텐데. 나에겐 새 손가락이 필요한데. 앞으로 총으로 쏴야 할 놈들이 많을 텐데. 재이의 바람에도 불구하고 교통 정체는 해소될 기미가 보이지 않았다.

베눌라는 정말 넓은 나라였지만 영토 대부분이 수풀이었다. 그나마 비옥한 땅은 수도였기에 모든 인구가 그곳에 몰렸다. 그러므로 매일같이 중앙 도로는 온갖 자동차와 오토바이, 자전거와 행상인으로 가득 찼다. 재이는 이곳, 베눌라 수도의 중앙 도로가 마치 딱딱한 똥으로 가득 찬 직장 같다고 여겼다. 정체된 도로 사이를 지나는 국가 공안의 차에 베눌라 국기 깃발이 달렸다. 공안은 변비약처럼 도로를 자유롭게 다녔다. 젠장. 다들 집에나 좀 있으라고. 도대체 왜 나온 거야. 들어가. 제발 들어가. 그런데 하긴. 다들 나처럼 이유가 있어 나온 거겠지. 의뢰인을 반드시 병원에 데려다줘야 하는 나처럼 말이야. 재이가 속으로 외쳤다.

우리 모두 불쌍해.

좆같은 생이야.

좇까.

다들 살기 위해 개같이 용쓰고 있네.

하지만, 하지만.

재이가 창을 열었다. 배기가스 냄새와 함께 신발가게에서 튼 K팝 아이돌 가수의 정신분열적인 노래가 나왔다. 재이는 조국의 가수가 베눌라까지 침투한 이유를, 전 세계를 지배하는 이유를, 지구에 사는 모든 사람의 정신이 나갔으므로 그들에게 적합한 정신 나간 노래만을 듣기 때문이라는 결론을 내렸다. 재이는 정신착란 수준의 교통 체증과 시끄러운 음악 때문에 도로 위의 설사가 되고 싶었다. (아득한 곳으로부터 총소리가 들렸다. 수도에선 열네 살 소년들이 학교에 가는 대신 거리에서 총을 쏘고 다닌다.) 피슝. 피슝. 초속 십구 미터로 항문을 통과해 나가는 설사. 재이는 습관적으로 라이터 부싯돌을 튕겼다. 불꽃 조각이 손가락에 튀어 따가웠다. 오후의 직사광선이 재이의 이마를 찔러 뇌까지 침투했다. 발렌티나가 담배 연기를 내뿜으며 말했다.

"베눌라 정부는 이까짓 차량 정체 하나 해결하지 못하니 여자를 통제하기로 한 거야."

"빙고. 빙고. 빙고. 예, 예, 예."

미아가 나른하게 웃으며 대답했다. 재이는 김이 다 빠진 펩시 라임 콜라를 마시며 액셀과 브레이크를 능숙하게 번

갈아 밟았다. 한 아이가 세 여자가 탄 자동차 앞 유리를 닦고 나서 돈을 달라고 구걸했다. 이왕이면 달러로 달라고 했다. 발렌티나가 아이에게 꺼지라고 소리를 질렀다. 허리를 구부리고 거의 기다시피 걷는 헤로인 중독자가 차창을 두드리며 재이에게 껌을 사달라고 했다. 키가 큰 어떤 여자는 자동차 사이를 유유히 걸어가며 파스타를 먹었다. 어린아이가 하수구에 대고 피가 섞인 주황색 오줌을 쌌다. 길목 어디선가 술병과 고무장갑이 날아왔다. 이 모든 일이 일어날 동안 재이의 자동차는 일 미터도 직진하지 못했다. 재이가 땀을 닦고 있을 때, 옆쪽의 차가 재이의 운전석과 자리를 맞춘 뒤 창문을 열었다. 눈 밑에 두들 타투를 하고 턱이 긴 남자가 주먹을 내밀어 재이의 자동차 사이드미러를 쳤다. 그가 말했다.

"너 뭔데?"

재이와 발렌티나, 미아가 일제히 척추에 힘을 주고 똑바로 앉았다. 재이는 주머니의 돌을 꽉 쥐었다. 발렌티나는 담뱃불을 끄고 뒷좌석에 눈치를 줬다. 미아는 언제라도 나갈 태세로 안전벨트 버클을 풀었다. 미아가 희미하게 신음하는 소리가 들렸다. 재이가 입술을 핥자 신맛이 났다. 저 새끼들 현상금 사냥꾼인가. 젠장. 나는 도대체 어느 세상에 사는 거지. 재이가 호흡을 고르며 다른 곳으로 눈길을 돌렸다.

오래된 건축물 측면에 뱀이 똬리를 튼 형상의 조각 작품이 보였다. 재이가 건축물에 시선을 고정한 채 말했다.

"나는 우버 드라이버일 뿐이야."

"여자가 우버를 몰아? 구라 치지 마."

"닥쳐. 개새끼야. 입 싸물어. 더워 죽겠으니까."

재이의 손가락이 가려웠다. 그는 가려움을 참으며 정면만 쳐다보려고 노력했다. 두려움을 잊기 위해 주머니 속의 돌을 문질렀다. 아무리 돌을 문질러도 진정되지 않았다. 재이에게 시비를 건 자동차 조수석에 앉은 남자가 재이를 향해 고개를 기울이는 모습이 눈꼬리에 밟혔다. 운전자와 조수석 남자 둘이 알 수 없는 말을 주고받았다. 재이는 남자들의 어조를 더듬기 시작했다. 지난주에 만난 바운티 헌터들이 딱 저런 어조로 말했다. 다만 지난주 놈들은 입술과 젖꼭지에 피어싱했지.

"동양 년이 맛있대."

조수석에 앉은 남자가 크게 말했다. 타투가 덧붙였다.

"네가 궁금하긴 하지만 이 나라에서 꺼져. 재수 없어."

백마의 신이시여, 감사합니다.

저들은 그저 전형적인 인종차별주의자 양아치일 뿐이었군요. 재이가 운전대를 편하게 잡고 숨을 내뱉었다. 가짜 가죽으로 만든 운전대 커버에는 재이가 병원으로 이동시켜야 할 의뢰인의 수가 늘어날 때마다 손톱자국이 늘어났다. 재이가 터뜨리듯 웃으며 남자들을 향해 말했다.

"블랙핑크도 한국인이야, 쌍놈들아."

"블랙핑크가 왜 한국인이야? 네가 뭘 알아?"

이제 직진을 한 뒤 코너를 돌 것이다. 그러면 고속도로가 나올 것이다. 신호등이 노란 빛을 발했다. 중앙 도로를 배회하던 정키 소년이 입을 벌리고 하늘을 응시했다. 밤과 낮, 웃음과 비명이 매일 갈마드는 베눌라의 하늘. 소년은 창공에서 무언가를 찾는 것 같았다. 무엇을? 비행기? 희망? 환각? 자신의 장래? 신호등이 초록색으로 바뀌었다. 멀리서 누군가 총을 쏴 하늘을 구시하던 아이의 얼굴을 터뜨렸다. 재이가 클락션을 길게 누르며 옆 자동차를 향해 왼손으로 중지를 날렸다. 검지 하나가 없으니 세 손가락만 접으면 됐다. 손가락 몇 개가 없으니 사람들에게 손쉽게 중지를 날릴 수 있다는 장점이 있다. 재이가 주먹을 뻗어 그들의 사이드미러를 친 뒤 소리쳤다. 사이드미러가 도로 바닥에 나뒹굴었다.

"너네 뒤 따먹으려면 얼마 줘야 하냐?"

"Pinche puta.(개 같은 새끼.)"

흰색 유니콘이시여, 감사합니다. 야구방망이를 들게 하지 않게 해주셔서 정말 감사합니다. 세 여자가 탄 자동차는 설사처럼 고속도로 쪽으로 달렸다. 자동차 바퀴가 총에 맞은 어린아이가 흘린 뇌수를 밟았다.

닥터 수사나 차베스는 수술할 때만 두꺼운 안경을 쓰고, 손발에 땀이 많아 항상 흰색 장갑을 끼고 진료를 보는 여자였다. 그의 동료인 닥터X는 조금 더 조심스러운 여자였기에 중절 수술 의뢰인 이동에 가담하는 재이나 발렌티나 같은 사람뿐 아니라 일반인 환자에게도 제 신상을 밝히지 않았다. 그는 항상 포니테일을 고수했고 일상에서도 박하색 라텍스 장갑을 끼고 생활했다.

차베스와 닥터X의 산부인과는 수도의 그 유명한 하늘색 건물, 국회의사당 세 블록 옆에 있었다. 차베스와 닥터X는 수요일마다 열 명 남짓한 직원들에게 휴가를 주고 병원 문을 걸어 잠갔다. 수요일을 제외한 모든 요일에, 의사들은 중절 수술을 할 인맥과 방도를 찾지 못한 여자들 혹은 자의로 새 생명을 맞이하기로 결심한 여자들의 아이를 받았다. 차베스와 닥터X는 궁지에 빠진 여자들에게 무료로 중절 수술을 해주기 위해 수요일을 제외한 모든 요일에 신생아를 받았던 것이다. 닥터 차베스는 아버지에게 물려받은 숲속에 무료 중절 수술을 위한 비밀 건물을 지었다. 보통 숲 근처를 지나가는 사람이 거의 없었지만 혹여 누군가 건물을 발견하고, 여기가 뭐 하는 곳이냐고 물으면, 차베스는 건물이 그저 불법 마약 제조실인 것처럼 말을 흘렸다.

베눌라에서는 누가 코카인을 한다고 신고당하지 않으니까. 다른 걸로 신고당하니까.

차베스의 숲은 건강한 소녀의 머리카락처럼 빽빽했고 검은색이었다. 숲에겐 의지가 있었다. 수술을 받으러 온 여자들을 수많은 나뭇잎과 꽃으로 가려줄 굳건한 의지. 재이와 발렌티나가 의뢰인을 데리고, 어린아이 키만큼 자란 수풀을 헤쳐 삼 미터가량 힘겹게 나아가면, 소다색의 이층 건물이 나타난다. 그곳은 정말, 마약 제조실이 아닌 척하는 마약 제조실 같아 보였다. 재이는 미덥지 않아 하며 얼굴을 긁는 의뢰인을 데리고 가짜 마약 제조실로 들어갔다. 건물 내부에는 주사 혹은 흡입기, 렌치와 거즈, 의료용 가운과 대형 수건 등이 있었다. 닥터X는 초록색을 좋아했다. 그가 가져온 초록색 소파에 앉은 의뢰인들은 다리를 떨거나 휴대전화를 내려다보며 수술이 시작되길 기다렸다. 재이는 중절 수술을 원하는 여자들을 그 소파로 데려다주었다.

차베스의 숲으로 향하려면 고속도로로 두 시간을 달려

야 했다. 베눌라에서는 고속도로가 뚫린 것 자체가 기적이
었다. 한국의 고속도로처럼 도로에 비슷한 모양과 간격의
요철이 돋아 있을 거라고 기대하면 안 됐다. 도로는 말 그
대로 엉망진창이었다. 도로가 아니라 흉기였다. 재이의 자
동차 타이어가 매번 터졌다. 재이는 의뢰인을 차베스에게
데려다줄 때마다, 항상 튼튼한 타이어 브랜드에서 여분의
타이어를 샀다. 그러나 차에 실을 수 있을 만큼 여러 개를
챙겨도 항상 타이어가 모자랐다.

  미아를 차베스와 X에게로 데려가는 날 역시 두 번이나
타이어에 펑크가 났다. 세 번째로 펑크가 나자 자동차는
도로 정 가운데로 미끄러졌다. 재이와 발렌티나, 미아는
노래를 부르느라 타이어가 찢어지는 소리를 듣지 못했다.
타이어가 망가지고 있을 때 재이와 발렌티나, 미아는 이런
노래를 불렀다. 재이가 선창했다.

  "시간을 믿을 수 없다니까, 경찰은 항상 우리에게 너무
나도 빨리 오잖아."

  "경찰은 오잖아."

  "이 모든 싸움이 끝나면 나는 널 만날 거야."

  "싸움이 끝나면."

  "지금으로서는 차오차오, 밤비나."

  "밤비나."

이어 미아가 즉흥적으로 노래를 작사해 부르기 시작했다.

"나는 바보 같은 실수를 저질렀어. 그러나 도와줄 사람이 있지."

재이와 발렌티나가 따라 했다.

"도와줄 사람이 있어."

"수술이 끝나면 나는 한국으로 유학하러 갈 거야."

"갈 거야, 갈 거야."

"내가 갈 곳은,"

미아가 노래하던 도중 차가 미끄러졌다. 재이가 깊게 브레이크를 밟았다. 차가 가까스로 멈추었다. 세 사람이 차 바깥으로 나왔다. 미아가 인중에 맺힌 땀을 닦으며 말했다.

"사실 당신들을 믿지 못했어요. 재이, 발렌티나. 그래도 여기까지 온 걸 보면 꼭 사기꾼만은 아닐 거라고, 아니. 아니에요. 저 집에 갈게요."

미아는 울고 있었다. 그가 계속했다.

"너무 애쓰지 말아요. 앞날이 갑갑하지만 이것도 다 흰색 유니콘의 뜻이겠죠. 난 그저 대학생일 뿐이지만. 미래가 창창하지만. 서울로 어학연수를 갈 예정이었지만. 재이. 사실 나 K팝 좋아해요."

발렌티나가 미아에게 쌉소리 하지 말라고, 우린 꼭 차베스와 닥터X에게 갈 거고, 재이 역시 손가락 의수를 받을 거라고 말했다. 재이는 수풀의 유니콘에게 연락할 생각이었다. 수풀의 유니콘은 베눌라의 고속도로 상황이 만들어낸 일종의 자동차 보험 그룹이었다. 휴대전화 앱으로 수풀의 유니콘을 부르면, 그들은 돈을 받고 고속도로에 좌초된 사람들의 목적지까지 차를 견인해줬다. 베눌라에 사는 사람들은 어떻게든 돈을 벌었다.

어떻게든 살아남았다.

어떻게든 죽였다.

수풀의 유니콘을 호출하면 재이와 발렌티나의 신원이 노출될 수도, 견인 기사가 바운티 헌터일 가능성도 있지만, 미아를 차베스와 닥터X에게 반드시 데려가야 하므로, 별다른 선택지가 없었다. 재이는 문득 베눌라 정부가 중절 수술 관련자를 잡아서 무슨 처벌을 내리는지 궁금해졌다. 정부는 현상금 만 달러를 강조했을 뿐 처벌 수위에 관해서 말을 아꼈다. 베눌라 정부는 중절 수술 관련자들에게 무슨 짓을 하려는 걸까? 고문? 추방? 처형?

베눌라 국영방송 화면이 가장 화려한 순간은 현상금 사냥꾼들의 시상식을 중계할 때였다. 대통령은 미색 실크 수트를 차려입고, 콩알만 한 아이를 배 속에 품은 여자와 택시 기사, 의사를 잡았다는 이유로 추앙받는 현상금 사냥꾼에게 향했다. 카메라가 감동적인 각도로 대통령과 바운티 헌터들을 촬영했다. 이어 카메라는 수도 중앙 공원의 전경을 비추었다. 공원에 모인 사람들의 머리통 수백 개가 시커멓게 군집을 이루었다. 카메라가 클로즈업 한 대통령은 자기 키의 절반만 한 컵을 들었다. 도금 컵이었다. 컵은 챔피언스 리그나 영국 리그 우승컵 수준으로 화미했다. 셀로판지 꽃이 공중에 흩날렸다. 대통령이 미국식 영어 억양이 섞인 스페인어로 현상금 사냥꾼들에게 덕담했다.

재이는 발렌티나와 함께 지내는 모텔 벽에 걸린 삼성 텔레비전 화면을 보며 생각했다. 내가 바운티 헌터에게 잡히면 어떻게 해야 하나. 사냥꾼들을 죽여야 할까, 아니면 자살해야 하나. 발렌티나 없이 혼자 다니다가 헌터를 마주하면 어떡하지.

내가 정말 혼자가 된다면.

재이와 발렌티나, 미아는 자동차를 잃었다. 그들의 앞에 수십 킬로미터의 고속도로가 죽은 사람의 혓바닥처럼 기나길게 늘어져 있었다. 베눌라 고속도로 한가운데 서 있는 재이의 머리꼭지에 직사광선이 수직으로 내리쬐었다. 말띠라는 이유로 태어나기도 전에 조각나 죽은 한국의 다른 여자아이들과는 달리, 살아남았다는 이상한 슬픔과 반발심에 젖은 채, 재이는 한국을 떠났다. 죽지 않고 태어났다는 것이 재이에게 일종의 특별한 자격을 부여했기에, 그는 어려움에 처한 타국의 여자들을 반드시 도와줘야 한다는 의무감을 스스로 짊어졌다.

재이는 뜨겁고 고요한 평화의 열락 속에 잠겨 이 모든 걸 실감하기 시작했다. 자신이 고속도로에 좌초되었기 때문에 이전과는 다른 차원으로 향할 것 같다는 직감도 들었다. 그리고 앞으로 그토록 먹고 싶었던 양념게장을 먹을 기회도 영영 없을 것 같았다. 재이는 철저히 혼자였고 앞으로도 혼자일 것이다. 그가 후회할 만한 건 없었다. 잘린 세 손가락이 또다시 간지러웠다. 손가락 단면에 씨앗이 뿌려지고 종국에는 풀이 싹트려는 듯 정말 간지러웠다. 재이는 절단된 손가락을 옷에 비벼 긁었다. 콘크리트 열기에 의해 주변 공기가 흔들리며 나선형 아지랑이를 피웠다. 더위가 재이의 목구멍을 옥죄었다. 그가 휴대전화로 수풀의 유니콘에게 연락하려는 순간 멀리서 회색 구식 트럭 한 대가 열기를 찢고 달려왔다.

재이와 발렌티나 둘 다 주머니의 가스총을 잡았다. 발렌티나는 미아를 제 뒤로 보내 보호했다. 미아가 흐느꼈다. 발렌티나와 미아는 건조하고 뜨거운 공기 속에서도 서로 바투 붙어 섰다. 트럭이 가까이 올수록 고속도로의 수증기가 걷혔다. 재이는 연신 입술 안쪽을 이로 뜯어냈다. 그가 피가 섞인 침을 뱉은 뒤 발렌티나에게 말했다.

"운전사를 트럭에서 빼내서 시간을 끌게. 운전석이 비면 트럭을 훔쳐서 차베스에게로 가. 내가 시간 끌 동안은 저기 수풀 뒤에 숨어 있어.”

발렌티나가 말했다.

“돈 페드로와의 약속 잊어버린 거 아니지? 손가락 말이야.”

“응.”

재이가 대답하자 미아가 입을 우물댔다. 미아는 재이에게 할 말이 아주 많았기에 쉽사리 말이 나오지 않는 것처럼 보였다. 발렌티나가 미아를 안고 잽싸게 수풀로 뛰었다. 발렌티나의 귀걸이가 습기 없는 바람에 흔들려 분위기에 어울리지 않는 사랑스러운 소리를 냈다. **귀걸이 빼!** 라고, 재이가 발렌티나에게 속삭였다. 발렌티나가 귀걸이를 잡아 뜯자 귓불이 찢어져 피가 맺혔다. 발렌티나와 미아는 대중없이 솟은 푸새와 커다란 인동덩굴 뒤에 앉아 몸을 숨겼다.

트럭이 재이와 자동차 앞에 정차했다. 트럭에서 한 남자가 나왔다. 남자는 키가 이 미터는 되는 것 같았다. 단정하게 머리 가르마를 탔으며 양손에 검은 가죽 장갑을 꼈다. 남자가 재이에게로 다가왔다. 그는 한쪽 다리를 절었다. 재이는 그의 정체를 파악할 수 없었다. 남자가 말했다.

“문제 있어? 난 앙헬이야.”

마르틴이나 벤하민이 아니라 앙헬이라니. 저 무시무시한 몽골로 자기가 천사라는 거잖아. 남자는 제 이름이 미래의 기념비적인 단서라도 되는 양 힘을 주었다. 재이가 대답했다.

"우버 콜을 받고 가는 중인데 타이어가 터졌어. 난 마리아나야."

"마리아나. 내가 타이어 좀 볼까?"

남자가 엉망이 된 타이어를 살폈다. 그의 어깨너머로 발렌티나와 미아가 신발을 벗고 남자의 트럭을 향해 걸었다. 둘은 발바닥이 시뻘겋게 익은 채로 수사나 차베스의 병원에 입장할 것이다. 입장해야만 한다. 남자는 허리를 구부리고 재이의 자동차 타이어를 만졌다. 그가 움직일 때마다 톰 포드의 로스트 체리 향수 냄새가 났다. 마침내 발렌티나와 미아가 회색 트럭에 탑승했다. 발렌티나. 이제 무슨 짓을 해서라도 시동을 걸고 차베스에게 가기만 하면 돼. 재이가 타이어를 가리키며 남자를 향해 물었다.

"타이어 고칠 수 있겠어?"

남자가 목 끝까지 잠근 셔츠 단추를 만지작거렸다. 가죽 장갑이 뒤틀리는 소리가 났다. 재이가 그를 올려다보았다. 남자는 잿빛 테두리에 겨자색 스파클이 도는 눈동자를 가졌다. 남자와 눈이 마주쳤다. 앙헬이 재이의 티셔츠 안에 손을 넣어 땀에 젖어 소금기가 도는 어깨를 만졌다. 이 행위가 정당하며 베눌라의 태곳적 이치에 맞는다는 듯 당위적인 행동이었다. 재이가 손을 뿌리친 뒤 앙헬을 밀었다. 앙헬이 웃었다.

재이는 이 짧고도 기나긴 대면이 은유하는 바를 파악할 수 없었다. 재이와 앙헬의 눈 맞춤이 길어질수록, 재이의 육체가 점점 짓눌렸고 종국에는 납작해져 고속도로 바닥에 눌어붙는 것 같았다. 재이가 한국말로 읊조렸다. 죽여버리고 싶다. 저 새끼 진짜 죽이고 싶다. 오, 앙헬, 앙헬.

"네가 종로에 스페인어를 가르치러 왔더라면 우린 친구였을 수도 있어."

너는 수업이 끝나고 학생들과 함께 라따뚜이와 당근 주스를 먹고 밤엔 연남동 채널1969에 가서 HMLTD의 라이브를 보며 함께 춤출 거야. 너는 라즈베리 보드카에 취해서 학생들에게 스페인어의 복합 완료 과거, 직전 과거와 불완료 과거에 대하여 설명할 거야. 앙헬. 불완료 과거의 예시로 1986년 범띠, 1988년 용띠, 1989년 뱀띠, 1990년 말띠 여자아이들의 완료되지 못한 어제를 들어봐. 재이가 하는 한국말에 앙헬은 웃는 건지 햇빛에 찡그린 건지 모를 눈을 하고 대답했다.

"마리아나. 고속도로인데 우버 콜을 받았어?"

"콜은 아무 데서나 다 받을 수 있잖아. 그런 것도 몰라?"

재이가 대답했다. 숲속에서 총소리가 들렸다. 누가 죽었나 보다. 베눌라에선 항상 누가 죽으니까. 남자가 턱을 만지며 재차 물었다.

"목적지가 어딘데."

"나를 못 믿어? 내 우버 라이선스라도 보여줄까?"

"여기는 수사나 차베스의 숲으로 향하는 고속도로잖아. 베눌라 출신도 아닌 한 외국인이 차베스에게 여자들을 바친다는 소문이 파다해. 외국인 운전사가 어디 출신이었더라. 한국?"

재이가 소리 내지 않고 웃었다. 발렌티나와 미아가 앙헬의 트럭에 시동을 걸었다. 발렌티나와 미아가 떠났다. 앙헬은 놀란 기색조차 없었다. 재이의 주머니에 가스총이 있었지만 세 손가락이 없는 상태에서 총을 쏠 수 있을지 장담할 수 없었다. 위험해지면 손가락으로 바운티 헌터의 눈을 찌르라고, 무릎에 총을 쏘라고, 바운티 헌터가 총에 맞아 쓰러지면 그때 머리를 쏘아 죽이라고, 재이는 마리아나에게 배웠다. 우리가 보호하는 대상은 명확하다고, 의뢰인을 제외하고 모든 사람을 쏴 죽여도 된다고, 마리아나가 항상 주장했다.

하지만 마리아나. 그때랑 달라.

나는 방아쇠를 당길 검지와 중지가 없어.

마리아나는 재이처럼 중절 수술 의뢰인을 병원으로 데

려다주는 운전사였고, 재이가 속한 단체의 수장이었다. 마리아나는 단체의 이름을 짓지 않을 정도로 보안에 신경 썼지만 지난달에 바운티 헌터에게 잡혔다. 재이는 마리아나가 살았는지 죽었는지 모른다.

아무도 알려주지 않았기 때문이다.

재이는 바지 주머니에 손을 넣어 검은 돌을 만졌다. 마리아나가 준 행운의 돌이었다. 결코 깨어질 리 없을 정도로 단단한, 결코 출처를 알 수 없는 돌. 하지만 마리아나, 나는 항상 이 돌을 가지고 다녔지만 결국 이곳에 도착했어. 재이는 숨을 참고 바닥에 떨어진 후프 모양의 귀걸이를 바라보았다. 귀걸이 옆에는 탈피를 마치고 숲으로 떠난 뱀 껍질이 굴러다녔다. 재이는 아직 앙헬의 눈을 찔러야 할지 총으로 쏴 죽여야 할지 정하지 못했다. 재이가 고민하는 동안 앙헬이 현명하고 침착하게 바지 뒷주머니에서 권총을 꺼내 재이를 겨누었다. 재이는 실패할 걸 알면서도 가스총을 꺼내 방아쇠를 당겼다. 총이 재이의 손가락 사이로 미끄러져 바닥에 나뒹굴었다. 앙헬이 권총의 안전핀을 풀고 재이에게로 천천히 다가왔다. 그가 말했다.

"넌 마리아나가 아니잖아. 걘 진작 죽었지. 한동안 개네 집 바로 앞에 있는 육교에 머리만 걸어놨었는데 못 봤어? 마리아나가 어디 사는지 모르지?"

재이는 양손을 들고 앙헬의 권총을 바라보았다. 총구는 좁고 동그랬다. 재이의 절단된 손가락 단면도 그렇게 또렷하게 둥글었다. 전 세계 사람들이 태어난 구멍도 그처럼 작고 원형이었다. 수천 년간 모든 지배자들이 강박적으로 관심을 가져왔고 소유권을 주장한 동그라미. 숫자 영, 태어나기도 전에 죽었거나 지배자들의 권력 다툼에 의해 살해당했던 영(靈).

앙헬이 재이를 향해 방아쇠를 당기면 재이는 그 영원으로 돌아갈 것이다. XX였기에 학살당한 여자아이들과 마리아나가 떠난, 깊숙하고 고요한 망각의 영토로 재이 역시 뒤늦게 입장할 것이다. 재이의 귀 뒤로 시원한 바람이 밀려왔다. 소금기 없이, 숲의 세포 없이, 순전하게도 가혹한 바람. 죽음의 박동 소리가 묻은 바람. 재이가 하늘을 구시했다. 용처럼 기다랗게 늘어진 새털구름이 하늘에 떠올랐다. 구름의 모양은 재이를 비웃는 앙헬의 입모양과 닮았다.

재이는 이제 모든 것에서 해방된 것만 같았다. 재이의 어깨에 베눌라의 뜨거운 햇빛이 희고 세차게 수의(壽衣)처럼 내려앉았다. 조각난 아이들을 덮었던 면포, 아이를 제거한 엄마들이 음부를 닦았던 흰색 손수건처럼. 저 멀리, 트럭이 차베스의 숲을 향해 직진했다. 자동차 엔진 소리가 멀어졌다. 앙헬이 재이에게 더 가까이 다가왔다. 재이는 발렌티나와 미아가 탄 차가 멈추지 않기를 기원했다. 혹여 멈추더라도 발렌티나와 미아가 병원으로 향할 다른 방법을 찾기를, 소망했다.

흰색 말의 신이시여, 어쨌든 감사합니다. 그리고 돈 페드로, 약속에 나갈 수 없어 유감입니다.

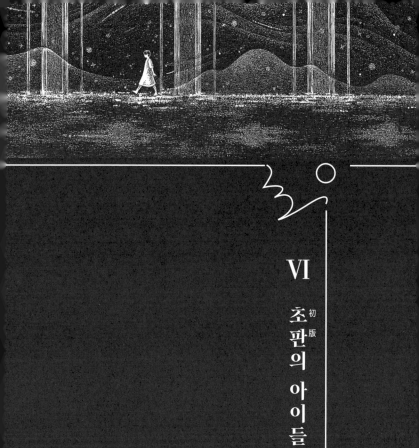

VI

초^初판^版의 아이들

소이는 주택 정원 한복판에 있는 모닥불 앞에 앉아 있었다. 그는 파카 주머니에서 멘톨 담배를 꺼내 모닥불에 댔다. 담배 연기가 하늘을 향해 올랐다. 새벽 세 시였다. 새벽 내 모닥불 앞에 앉아 엄마와 오빠가 자길 부를 때까지 기다리는 일은 소이의 일상에 새로운 루틴이 되어갔다.

오빠 노아와 엄마 지오선은 각자 삽을 들고 정원에 구덩이를 파는 중이었다. 노아 옆에 한 남자가 잔디밭에 코를 박고 누워 있었다. 그는 노아가 살해한 다섯 번째 남자였다. 오선은 남자의 양팔을 잡고 구덩이를 향해 끌고 갔다. 흙바닥 중턱에 남자의 어깨가 걸리자 그가 희미하게 신음했다.

"얼굴을 백이십 번이나 찔렸는데도 살아 있잖아."

오선이 혼잣말했다. 그는 울타리에 세워둔 엽총을 들어 남자의 후두부를 쏘았다. 남자의 손이 경련하다 쓰러졌다. 오선은 시체를 구덩이에 던진 뒤 소이를 향해 휘파람을 불었다. 소이는 삽을 들고 구덩이로 다가왔다. 노는 태도로, 느긋하게.

노아의 복부에 얼굴 형상이 나타난 건 지난주부터였다. 노아가 서울 북부에서부터 다섯 명의 남자를 살해한 것도 지난주부터였다. 그가 자기 배 속에서 낯선 목소리가 들린다고 호소한 것 역시 지난주부터였다. 노아는 충무로 지구대에서 순환보직으로 반년째 일하는 중이었다. 정식 경찰이 되길 꿈꿨던 노아는 미래를 내려놓고 퇴사해야 했다. 지난주에.

오선은 노아의 이런 사정을 듣고도 관심이 없었다. 노아가 사교육 없이 경찰대학에 수석 입학했을 때도, 런던 대학교에서 그에게 장학금을 제안했을 때도, 그가 충무로 지구대에서 받은 첫 월급을 오선의 국민은행 통장으로 전부 입금했을 때도, 오선은 관심이 없었다.

오선은 노아에게 전해 받은 첫 월급으로 이베이에서 자신이 좋아하는 소설의 초판본을 구매했다. 두 번째 월급을 전달받고서도, 세 번째 월급을 받고서도 같았다. 파주에 위치한 오선의 주택으로 매달 세계 각지에서 택배가 배달되었다. 오선이 초판본 구하기에 집착한 작품은 주로 크러스너호르커이 라슬로의 『저항의 멜랑콜리』와 로베르토 볼라뇨의 『부적』이었다. 오선의 안방은 초판본으로 가득 찼다. 책을 둘 곳이 없어지자 오선은 예고 없이 노아의 방을 책장으로 개조했다. 노아의 방을 빼앗은 날, 오선은 밤중에 소이의 침대맡에 앉아 물었다.

"소이야, 너는 오빠에 대해 어떻게 생각해."

소이는 오빠는 그냥 오빠라고 했다. 소이는 그날 밤, 엄마가 왜 오빠에 관해 물어볼까 궁금해하며 잠들었다. 하지만 다음 날도, 그다음 날에도 오선은 계속해서 소이에게 오빠에 대해 어떻게 생각하느냐고 물어봤다. 근무한 지 고작 석 달이 채 되지 않은 신입 순경인 노아가, 충무로 신생아 유기 사건 범인 검거의 일등 공신이라며 아홉 시 뉴스에 헤드라인으로 나왔을 때도, 오선은 또다시 소이에게 질문했다. 오선은 텔레비전 화면을 흘끗 본 뒤 부다페스트에서 온 택배를 열었다. 오선은 초판본 상태를 살피며 말했다.

"소이야, 너는 오빠에 대해 어떻게 생각해."

"오빠는 정말 뛰어나고 똑똑한 사람이야."

"소이야, 그럼 나는 엄마로서 오빠에 대해 어떻게 생각해야 할까."

소이는 그런 어려운 질문은 자기 말고 자신의 생물학적 아빠인 엄마의 전 남편에게 물어보라고 대답했다. 소이는 알았다. 자꾸 이상한 질문을 던지지만, 오선은 좋은 엄마다. 고등학교 졸업을 일 년 앞두고 계획 없이 자퇴를 결심한 소이를 광적으로 응원하는 모습이 의아했지만 그래도 좋은 엄마다. 소이가 집 안에서 담배를 피우고 꽁초를 버려도, 친구들과 외박을 해도 응원해주는, 신기한 방식으로 좋은 엄마다.

노아 역시 오선을 좋은 엄마라고 여겼다. 조금 무관심하긴 하지만 그래도 좋은 엄마. 그러므로 엄마가 자신의 병을 심각하게 여길 거라고 확신했다. 노아는 지난주 저녁에 퇴근하자마자 대뜸 오선 앞에서 셔츠를 풀었다. 노아의 명치 아래에 인간의 안면이 흐릿하게 드러났다. 노아가 성긴 목소리로 이 모든 게 충무로 신생아 유기 사건 때문이라고 했다.

"충무로 빌라 신생아 유기 사건 기억나? 그때 현장에 처음으로 들어간 사람이 나였어. 갓난애가 있었어. 쓰레기 더미 위에 누워서 말이야. 난 증거 훼손 따위는 생각도 하지 않고 죽어가는 아이를 품에 안았어."

"그래서?"

오선이 물었다.

"아이가 내게 피를 토했어. 그날 밤부터야. 배에 얼굴이……. 더 이상 회사에 못 나가겠어."

노아는 말을 마치고 동을 달지 않았다. 오선은 노아의 배에 드러난 얼굴을 조심스럽게 더듬었다. 오선이 물었다.

"얼굴이 네게 말을 거니."

노아가 고개를 끄덕였다. 미지의 존재를 응시하는 오선의 얼굴은 런던 대학교에서 온 두터운 합격 통지서 우편을 뜯어볼 때보다 밝았다. 오선이 물었다.

"얼굴이 뭐라고 하는데."

"상계동 ○○아파트 4동 804호에 사는 새끼 목을 따라고."

오선이 물었다.

"그래서 그 새끼 목을 땄니."

노아가 고개를 끄덕인 뒤 말했다.

"엄마. 804호 남자 시체는 마당에 뒀어. 처리해 줘."

상계동 ○○아파트 4동 804호 남자가 노아의 첫 희생자였다. 노아의 살인은 벌써 다섯 번째에 이르렀다.

∎

여보세요. 거기 누구 있나요. 안녕. 씨어. 끠씨.

펜의 잉크가 번졌지만 알아서 읽어. 내가 가진 펜이라곤

파란색 수성펜 하나야. 놀랍게도 여긴 화장실 안이야. 비현실적이지. 내 처지가 퍽이나 부조리하지.

알잖아. 나 술 못 마시잖아. 대마는 물론 메스암페타민이나 엑스터시에도 손을 댄 적이 없잖아. 나는 오히려 마약을 조사하는 사람이잖아. 내 정신은 불순물 없이 매끈해. 서른세 살의 인터넷 신문 데일리 매거진의 기자가 마약에 손을 댈 리는 없으니까. 저기, 알고 있어? 나는 지병도 없어. 프록틴을 처방받은 적이 있지만 삼 년 전이야. 이렇게 같은 소릴 반복하는 이유는 내 편지가 헛소리가 아니라는 걸 증명하기 위함이야.

알잖아. 전부. 어? 나 기자라고.

난 화장실 변기에 앉아서 글을 쓰고 있어. 혹시 그거 알아? 페이퍼 타월은 글쓰기에 적합해. 나는 지금까지 전혀 몰랐어. 문구업체는 의무적으로 페이퍼 타월 노트를 만들어야 해. 헛소리 미안. 보차넛. 사실 내가 왜 호텔 화장실에 갇혔는지 모르겠어. 나는 정신이 들자마자 세면대에서 세수를 하고 화장실을 둘러봤어.

여긴 넓어. 깨끗해. 갈고닦았어. 아늑해. 체스 판 패턴의 대리석 타일이 바닥을 둘렀어. 벽면은 짙은 초록빛이야. 벽에 걸린 금속 액자엔 제 꼬리를 잡아먹는 뱀, 우로보로스 그림이 있어. 화장대도 있어. 벨벳 천으로 감싼 두툼한 의자도 보여. 의자가 내게 앉으라고 유혹하는 것만 같아. 파우더 테이블 옆엔 세면대와 웅장한 거울이 있어. 나머지 벽의 곳곳에는 카메오 액자가 걸려 있어. 액자는 또 다른 거울이야.

거울이 화려해.

거울은 아름다워.

문제는 내가 이 화려한 화장실에 갇혔다는 거야. 사치스러운 감옥이로군. 내가 꼭 콜롬비아 마약왕이라도 된 것 같아. 바깥으로는 창이 아주 작게 나 있어. 크기가 내 손바닥 두 개를 합친 만큼이라는 게 문제지. 몸을 사 등분으로 접으면 나갈 수 있을지도 몰라. 모르겠다. 나는 주머니에서 멘톨 담배를 꺼냈어. 담배에 불을 붙인 뒤 문가로 향했지. 문을 두드렸어. 제발 열어달라고 소리치며.

　🙚

소이가 삽으로 흙을 퍼 구덩이를 메웠다.

"오빠가 죽인 다섯 번째 남자가 바로 여기 묻혀 있습니다. 하하. 아마 여섯 번째 남자를 묻을 때가 되면 내 삽질 실력도 더 좋아질 겁니다. 하하하."

소이가 명랑하게 혼잣말했다. 오선은 소이가 유쾌해진

것이 자퇴 직후인지 아니면 노아가 연쇄살인을 하고 나서부터인지 가늠할 수 없었다. 중요한 건 본래도 뜨끈했던 모녀 사이가 사체를 묻을수록 더욱 돈독해졌다는 거다. 소이가 오선을 향해 좀 슬픈 눈을 하고 웃어 보였다.

무엇도 오선과 소이, 두 사람을 갈라놓을 수 없었다. 웃기지 않나. 엄마와 딸의 사랑을 가늠하고 결속시키는 것이 죽음, 가족의 죽음도 아닌 모르는 사람의 개죽음이라는 것이. 오선은 삽질에 열중인 소이의 좁은 어깨를 바라보았다. 어깨너머 어둠 사이로 기척이 났다. 소음은 묵직했고 단호했다. 다른 차원의 거인이 존재를 과시하기 위해 시공간의 벽을 노크하는 것 같았다. 아니면 누군가 주택에 침범했을지도 몰랐다. 노아가 죽인 사람이 또 있나? 그럴 수도 있지. 오선이 엽총을 겨드랑이에 끼고 주택 주변을 사찰했다. 아무도 없었다. 그가 정원으로 돌아오자 노아가 배를 만지작대며 오선을 향해 간신히 말했다.

"엄마. 얼굴이 말해. 인삼 딸기가 먹고 싶대. 그리고 추위. 죽겠어."

"네가 추운 거니, 얼굴이 추운 거니."

"얼굴이."

오선은 노아를 업고 집으로 향했다. 노아는 원래도 마른 아이였는데 이젠 오십 킬로그램도 되지 않았다. 이러다 사십 킬로그램으로, 이십 킬로그램으로 줄고, 중국에는 수축하여 소멸할지도 모른다. 오선은 주택으로 향하는 내내 사방을 꼼꼼히 둘러보았다. 더 이상 소리가 들리지 않았다. 그럼에도 어떤 실재가 주택과 정원에 도사리고 있다는 의심을 떨쳐낼 수 없었다.

오선은 거실 흔들의자에 노아를 앉혔다. 담요에 핫 팩을 넣고 노아를 둘둘 싸맸다. 노아가 텔레비전이 보고 싶다고 했다. 오선이 다시 물었다.

"네가 텔레비전을 보고 싶은 거니, 얼굴이 보고 싶은 거니."

"얼굴이."

오선은 텔레비전 전원을 누른 뒤 크리스마스트리에 둘둘 만 오로라빛 전구를 켰다. 그는 커튼을 열고 소이를 향해 손을 흔들었다. 소이가 오선을 향해 양손을 뻗으며 방방 뛰다가, 주머니에서 폭죽을 꺼내 불을 붙였다. 어둠 속에 폭죽의 빛이 피어올랐다.

오선은 텔레비전으로 시선을 돌렸다. 방송사는 신경질적으로 캐럴을 틀었다. 트로트 가수들이 은빛으로 치장된 무대에서 〈루돌프 사슴 코〉를 불렀다. 오선이 다른 채널로 돌렸다. 뉴스. 뉴스는 크리스마스이브 전날이면 불빛을 밝힌 트리와 번화가를 강박적으로 비추었다. 강박의 끝은 언제나 연쇄살인마에 관한 특집 뉴스였다. 아나운서가 압박감에 시달리는 말투로 프롬프터를 읽었다.

"강북 지역부터 4호선을 따라 살인을 하는 일명 대각선 살인마가 또 한 명의 피해자를 낳았습니다. 다섯 번째 희생자는 부모가 세 번의 시도 끝에 힘겹게 얻은 보배 같은 아들이자 집안의 기둥이었습니다."

화면 전환.

경찰서장이 나와 사안의 중대성을 읊었다. 오선은 화면에 시선을 고정시키고 소매를 쥐어뜯었다.

왜 그때는, 그때는 이렇게 뉴스에 나오질 않았던 거야.

왜. 그때는.

프로파일러가 말했다. 살인자는 호적 정보에 능통하다는 듯, 특정 시기에 태어난 남자들을 살해한다고. 범죄 전문가들이 주목한 건 도대체 살인자가 어떻게 사람을 죽였으며, 그가 죽인 시체는 어디에 있는가였다. 뉴스를 보는 오선의 심장박동이 가파르게 빨라졌다.

색색의 불빛이 오선의 집 안에 침입했다. 소이는 여전히 불꽃을 터뜨리는 중이었다. 소이가 터뜨린 불티는 마당에 새로 생긴 정원 위에 빛을 드리웠다. 노아가 끌고 온 시체를 정원에 묻으면 다음 날 싹이 텄다. 오선은 처음엔 이 모든 게 우연이라 여겼다. 그러나 노아가 종로구로 내려

갈 즈음, 오선의 정원은 꽃과 덤불로 빽빽하게 찼다. 노아
가 데려온 남자들의 정수리에서 씨앗이라도 피어나는 걸
까. 오선의 정원은 죽은 사람들의 산물인 걸까. 그때 노아
가 발작적으로 기침을 하며 말했다.

"얼굴이 말해. 딸기를 달래."

■

내 편지의 장르는 뭘까. 미스터리, 스릴러, 고어, 고딕 로
맨스, 드라마?

밤이 기울었구나. 달빛이 창으로 침투했어. 달빛이 타일
표면에 구불구불 남긴 빛 선을 보니 엄마가 초판본을 모
으던 소설이 생각났어. 우루과이 출신의 주인공은 정치적
인 이유로 화장실에 갇혀. 그는 화장실에 갇힌 약 이 주가
넘는 날들 동안 페이퍼 타월에 제 삶을 기록해. 과거와 현
재. 미래까지도.

나도 소설 주인공처럼 변기에 앉아 페이퍼 타월을 길게
뺐어. 화장실 곳곳에 있는 베르가못 디퓨저 냄새가 지독했
지. 나는 글을 쓰려고 펜 뚜껑을 열었지만 나 자신에 관해
서도, 책에 관해서도, 아무것도 기억할 수 없었어. 기억나
는 거라곤 책 속의 주인공이 거울을 통해 시간을 본다는

거였어. 나도 자리에서 일어나 거울 앞에 섰지. 혹시 나 역시 우루과이 여자처럼 거울을 통해 다른 차원으로 들어갈 수 있지 않을까 싶어서. 그러나 거울을 쉽사리 쳐다볼 수 없었어. 왠지 나는 두려웠어.

내 심장이 가파르게 뛰었어. 나는 가슴을 진정시키며 가까스로 거울을 보았지. 그런데 말이야. 거울이 반사하는 건 빈 공간뿐이었어. 화장실만 보일 뿐이었지, 화장실 안에 나는 없었어. 이 공간에서 내 모습만 잘라낸 것 같았어. 내 이름은 뭐였더라, 나는 몇 살이고, 여기는 어딜까. 달빛의 밝기가 세졌어. 달빛이 거울을 반사했어. 거울이 하얗게 변했어. 거울 속의 모든 게 사라졌어. 어디선가 휘파람 소리가 들려. 어디선가 폭죽 소리가 들려. 어디선가 울음 소리가 들려.

⊠

밤새 딸기를 부르짖던 노아는, 크리스마스이브 새벽에 다시 사라졌다. 오선과 소이는 오후 두 시 즈음 일어나 멍하니 식탁 의자에 앉았다. 그들은 노아를 기다리는 중이었다. 동시에 자신들이 노아의 살인이 끝나길 원하는지, 그 반대인지 따져보는 중이었다.

노아는 저녁 여덟 시까지 돌아오지 않았다.

모녀는 매년 그랬듯 크리스마스이브를 기념하기 위한 저녁 식사를 준비했다. 오선이 레이스를 테이블에 깔고 촛대를 올렸다. 소이가 초에 불을 붙였다. 오선은 이브 만찬으로 만든 토마토 탕면, 굴라시, 라따뚜이, 토마토 양파 샐러드를 차리며 빈 의자를 의식했다. 인기척 없이 깨끗한 의자를 보자 삽시간에 오선의 가슴팍이 저려왔다. 커다란 렌치로 가슴을 조이는 것처럼. 오선이 몸을 떨자 소이가 오선의 손을 맞잡았다. 오선이 생각했다.

빈 의자는 누구의 자리인 걸까.

노아의 자리일까?

노아가 아닌 다른 사람의 자리일까?

오선은 가슴을 두드리는 통증의 원인을 알 수 없었다. 자기도 모르는 새 노아를 걱정하고 있었던 걸까. 오선은 노아에 대한 모호한 그리움이 그저 자신만의 사유에 그치기를 바랐다. 소이에게로 전파되지 않길, 간절히 원했다. 소이야. 나는 모르겠어. 나는 노아에 대해 어떻게 생각해야 할까. 동시에 빈자리가 자아내는 그리움이 꼭 오선이 직접 아는 사람에 관한 것만은 아닐 수도 있다는 생각이 들었다. 오선이 그리워하는 사람이 꼭 노아라 단언할 수 있을까. 오선이 억지로 웃으며 숟가락을 들었다. 오선과 소이는 음식을 거의 먹지 않았다. 둘은 멍하니 허공을 바라보며 시간을 죽였다.

자정을 십 분 앞둔 시점. 바깥에서 자동차 경적이 울렸다. 오선이 창가로 향했다. 창가 협탁에 놓은 베르가못 향디퓨저 냄새가 고약했다. 오선은 숨을 참고 창가에 서서 바깥 동태를 살폈다. 노아는 주택 정원까지 마구잡이로 차를 몰고 들어왔다. 그는 운전석에서 내리며 배꼽을 향해 히스테릭하게 뇌까렸다. 노아는 그렇게 한참 한바탕 떠들고 웃은 뒤 트렁크에서 무명천에 싼 남자를 꺼내 바닥에 질질 끌었다. 소이는 오선 옆에 바짝 붙어 노아의 행태를 지켜보았다. 오선이 나가려고 하자 소이가 막았다. 오선이 말했다.

"오늘은 엄마 혼자서 처리해볼게."

소이가 고개를 조심스럽게 끄덕였다. 소이가 덧붙였다.

"혹시 나쁜 일이 생기면 쏴버려."

오선이 고개를 끄덕였다. 그가 바깥으로 나가 시체를 확인했다. 노아의 살인 방식은 한결같았다. 납치한 남자들의 얼굴과 전신의 포를 떴다. 신원을 알아볼 수 없을 정도로 조각내는 것이다. 신체 절단은 오선의 역사 깊은 트라우마였다. 노아는 지난주, 자신이 처음 살해하고 해체한 남자를 정원 마당에 던져 놓았다. 오선은 그 광경을 목격하고 심장이 터지려고 해서 자기 전 프록틴을 네 알이나 먹었다. 그러나 일주일이 지나고, 정원 밑에 묻은 남자들의 정수리에 싹이 터 아름다운 덤불로 변하자, 두려움보단 낯선 서글픔이 오선을 지배했다.

여섯 번째 시체를 덮은 천이 달빛에 반사되었다. 천 바깥으로 죽은 남자의 손목이 나왔다. 노아는 영등포에서 사람을 죽였다고 했다. 그가 덧붙였다.

"내일부턴 마곡동으로 갈 거야."

달빛이 노아의 얼굴 반쪽을 매끄럽게 비추었다. 어둠에 잠긴 얼굴의 나머지 부분은 대각선 살인마라는 악명 아래 영영 썩어갈지도 몰랐다. 오선은 절반으로 갈린 노아의 얼굴 중 어느 것이 진짜인지 가늠할 수 없었다. 아니, 오선 앞에 선 회칼을 든 남자는 노아가 아니었다. 오선은 노아의 껍질에 숨은 핵의 정체를 알고 싶었다. 오선이 말했다.

"네 배 속에서 나는 소리가 누구 목소리인지 알아야 하지 않겠니."

노아가 오선의 팔을 잡았다. 그가 말했다.

"아빠한테 가서 배 속의 거 꺼내 달라고 하자."

오선이 노아의 티셔츠를 목까지 올렸다. 얼굴은 노아의 명치를 지나 쇄골까지 이동했다. 배꼽 자리에는 얼굴 대신 두 손이 자리 잡았다. 열 손가락 끝 마디 뼈가 천천히 움직이며 노아의 배 속을 나선형으로 휘저었다. 오선이 노아의 배에 손바닥을 댔다. 노아의 갈비뼈를 헤집던 손가락이 동작을 멈추었다. 노아의 뱃가죽 표면으로 두 개의 손바닥이 나란히 나타났다. 오선은 미지의 손바닥과 손을 대고 무언가 느껴보려고, 소통해보려고 노력했다.

노아 배 속에 자리 잡은 너는 누구일까.

∎

거울은 너무나도 밝았어. 잘 보였어. 어두웠어. 잘 안 보였어. 나는 거울에서 시선을 거두고 변기 옆에 놓인 작은 라디에이터를 가만히 보았지. 라디에이터는 달빛의 윤기를 매끄럽게 반사하며 핀을 늘였다 좁히기를 반복했어. 라디에이터 스스로 움직이는 거야. 그래. 스스로 움직이고 있어. 라디에이터 핀이 벌어지면 보이는 면과 접히면 드러나는 면이 달랐어. 이 공간이 내게 메시지를 전달하는 것만 같았어. 나는 다시 거울을 쳐다보았어. 내 모습은 여전히 흐릿했어. 잘 보이지 않았어. 그러나 한참을 기다리니 거울 속에 희미한 선이 드러났어. 거울에서 심장박동 소리가 나기 시작했어. 나는 양손을 거울에 대고 미지의 박동을 느껴보려고 애썼어.

오선은 전남편 노강현의 아파트 벨을 눌렀다. 강현은 대문을 반만 열고 오선에게 속삭였다.

"아기 예수님이 당신의 신도가 자기 생신날 전처를 만나는 걸 허락하실 거 같아?"

오선이 어깨로 문을 고정했다. 강현이 볼 수 있도록 노아의 등을 밀었다. 소이가 소리쳤다.

"오빠 배에 사람이 있어."

강현이 문을 닫고 일 분 뒤 나왔다. 그가 코트에 팔을 집어넣으며 말했다.

"와이프랑 애들한텐 급한 환자 보러 간다고 했어. 적어도 거짓말은 아니라 마음이 편하네. 몸에 사람이 있다니 무슨 말이야."

노아가 강현을 향해 고꾸라졌다. 녀석이 구역질하자 손톱이 쏟아졌다. 오선과 소이가 노아를 부축했다. 강현이 원장으로 있는 내과는 그의 집에서 걸어서 삼 분 거리였다. 강현이 병원으로 향하며 물었다.

"우리 아들이 왜 이럴까."

오선이 노아를 부축하며 대답했다.

"노아가 마곡동까지 내려가기 전에 좀 봐줘. 수술할 거

있으면 해주고."

강현이 말을 잘랐다.

"얘가 마곡동으로 왜 내려가?"

"당신 아들이 대각선 살인마라서."

강현은 병원 문을 열고 진료실로 향했다. 강현의 새치가 형광등 아래 빛났다. 오선과 소이가 책상 위에 노아를 눕혔다. 강현이 노아의 티셔츠를 올렸다. 얼굴 형상이 복부 표면 곳곳을 돌아다녔다. 얼굴은 노아의 몸 바깥으로 나갈 출구를 찾는 듯했다. 노아가 초점이 나간 눈으로 중얼댔다.

"인삼 딸기?"

강현이 양손으로 머리를 감쌌다. 그는 컴퓨터 앞에 앉아 노아와 전연 상관없는 환자의 차트를 열었다. 강현은 키보드를 더듬거리며 노아의 기형적인 몸과 관계없는 것에 대해 물었다.

"얘가 몇 살이지?"

"1991년 6월 21일생."

오선이 강현의 어깨를 밀치며 대답했다. 강현이 방어하는 몸짓을 취했다. 오선이 말했다.

"날짜 받아서 낳았잖아. 계획 임신이잖아. 회장님 사주잖아. 그걸 기억을 못 해?"

1991년 6월 21일,

1991년 6월 21일.

오선이 등을 벽에 댄 채 천천히 바닥에 앉았다. 오선은 한참 동안 말이 없었다. 그러다 강현을 응시했다. 두 사람의 눈빛이 부딪혔다. 오선이 실실 웃기 시작했다. 그는 주머니에서 말보로를 꺼내 한 개비를 올려 빼냈다. 노아는 여전히 책상 위에 누워 반복적으로 뇌까렸다.

"1991년 6월 21일. 1991년 6월 21일. 내가 태어난 날은 1991년 6월 21일."

오선이 강현을 향해 물었다.

"인삼 딸기는 누구 품었을 때 좋아했던 건지 기억나? 기억 안 나? 안 날 수가 있나."

소이는 오선 옆에 기대앉아 오선이 담뱃대를 빨아들이는 자작한 소리를 들었다. 강현은 대답하지 않았다. 오선이 대신 말했다.

"그 아이 품었을 때 내가 그토록 인삼 딸기를 찾았잖아. 아이 태명도 딸기였잖아."

노아가 오선에게로 힘겹게 눈알을 굴렸다. 노아 몸속의 얼굴은 쇄골을 지나 식도께로 향했다. 노아의 뒤틀린 목젖이 천장을 향해 치솟기 시작했다. 쇄골 뼈가 잘게 으스러졌다. 노아의 내부에서 생의 싹을 틔웠고 성장했으며 세상으로의 도약을 원하는 존재의 두 팔이 격렬하게 움직이는 중이었다. 노아가 쉰 목소리로 겨우 물었다.

"엄마. 누구 말하는 건데."

오선이 대답했다.

"네 누나 말이야."

"그 씨발년이 왜 나를 괴롭혀. 내 누난데 왜 자기 동생을 괴롭혀."

노아가 말했다. 소이가 오선의 담뱃갑에서 한 개비를 꺼냈다. 오선이 소이의 담배에 라이터로 불을 붙여주었다. 소이가 오선에게 물었다.

"엄마. 나한테 언니가 있어?"

오선이 노아의 배를 가리켰다.

"네 오빠가 배 속에 언니를 품었어. 내 속에서 잘게 잘린 언니를 노아가 드디어 품었어."

"당신, 노아 치료해달라고 온 건 아니지?"

강현의 새치가 한층 도드라졌다. 오선이 고개를 끄덕였다. 강현이 말했다.

"그렇다면 내가 노아의 몸에 칼 한 자루 대지 않을 거라는 것도 알고 있겠지."

■

소리.

거울에 얼굴이 나타났어. 내 얼굴, 내 얼굴 말이야.

소리. 내 이름인데도 낯설었어.

1990년 3월 3일, 새벽 세 시 출생. 엄마가 한 첫마디는 이 거였대. 얘가 소리예요? 딸기라고요? 고동색 머리칼, 시꺼먼 눈동자에 주름진 얼굴을 보고 외계인을 낳았다고 착각했던 거야. 농담이었어. 소이야. 알지. 엄마는 비틀린 농담에 취해 있잖아. 말도 안 돼. 소리가 왜 이렇게 못생긴 거죠? 하고 덧붙인 뒤 엄마는 스스로 폭소를 터뜨렸대.

내가 태어난 직후 잰 몸무게는 사 킬로그램. 우량아.

1991년, 한 살이 된 내가 가장 먼저 한 말은 빛, 이었어.

􀀀

"소리. 그 아이 이름이 소리였어. 영원히 못 쓰게 될 이름이었지만."

오선이 말했다. 그가 담배 한 모금을 빨아들인 뒤 손가락으로 눈을 눌렀다. 눈물이 윗입술로 떨어졌다. 담배 연기 때문인지, 희석된 줄 알았던 과거 때문인지, 눈물의 의

미는 알 수 없었다.

1989년. 오선과 강현 사이에 아이가 찾아왔다. 출산 예
정일은 1990년 3월 3일.

1980년대 후반 최신 기술이었던 초음파 검사를 통해 오
선이 품은 아이의 성별이 여성으로 밝혀졌다. 오선이 인삼
딸기 한 박스를 배달 주문한 날, 시부모는 아이를 지워야
한다고 단언했다. 오선은 시부모의 의견을 듣고 당장 친정
으로 도망쳤다. 시부가 친정집까지 찾아왔다. 그는 오선에
게 독특한 방식으로 중절을 권유했다.

"자네, 좀 들어 봐. 이 험난한 한국에서 여자가 살아남기
쉽지 않아. 자네 아이가 당할 고난과 범죄를 생각해봐. 반
면 사내아이라면 보다 강하고 굳건히 생을 유지할 거야."

오선이 반박했다.

"아버님이 아이의 미래에 대해 뭘 안다고 그러세요."

시부가 턱을 긁은 뒤 대답했다. 그는 기(氣), 서양에서 조
악하게 CHI라고 부르는 걸 근거로 들었다. 1990년에 태
어날 여아들은 전부 흰 털 말의 기운을 안고 세상에 나오
는데, 백마의 CHI와 XX염색체의 합이 불합리하다는 거
였다.

"그러나 가부장 사회에서 흰말이 사내아이로 태어난다
면, 그 아이는 황제의 삶을 누릴 거야. 중절이란 아주 진보

적이며 자유의지에 기반한 행위라네. 자네는 그 여자아이를 위해 인본적인 선택을 해야 하네. 그 아이가 한국에서 겪을 1995년, 1999년, 2005년, 2015년을 생각해보게나."

오선은 CHI라는 해괴한 개념이 이상하다고 여겼으나, 임신중절이란 진보적인 행위이며 자유의지에 기반한다는 시부의 말에 마음이 동했다.

1990년 3월 3일에 태어났어야 했던 아이, 딸기를 그토록 원했고, 소리라는 이름을 가졌어야 할 아이의 행복을 위해 오선은 중절을 선택했다. 중절 수술이 잡힌 날, 강현은 현금 다발이 담긴 갈색 봉투를 가지고 병원에 입장했다. 오선은 수술대 위에 누웠다. 그는 미지근한 가죽 시트를 쥐어뜯으며 의사에게, 마취하지 말아달라고 말했다.

"산부인과 의사가 렌치로 거길 쑤셨어. 애는 조각났대. 조각났어. 사실 나는 조각들을 봤어."

갈가리 찢긴 소리의 시체에 대한 기억은 오선에게서 결코 희석된 적이 없었다. 오선은 아직까지도 똑바로 기억하고 있었다. 오선의 일부가 제거된 날, 그는 남편인 강현에게 돌아갔다. 신혼집으로. 시부모와 함께 거주하는 지독히도 전통적인 신혼집으로 말이다. 시부모는 안방에서 꼼짝도 않았다. 인사도, 오선의 영혼에 대한 안부도 없었다. 오선은 거실을 장악하고 내내 텔레비전을 보며 담배를 피웠다. 오선은 한 개비씩 줄어드는 담배를 바라보며, 소리의 다음, 그다음의 다음, 그의 복부가 품을 모든 아이를 자신의 자유의지로 모두 살해하리라 결심했다. 오선은 아홉 시 뉴스에 집착했다. 뉴스에서 소리 혹은 소리와 비슷한 아이들의 죽음에 관해 다룰 거라 여겼다. 그러나 어느 뉴스에서도 1990년의 CHI를 보유한 여자아이들이 살해되었다는 보도는 하지 않았다.

시모가 오선을 아는 척한 건 소리가 죽고 난 지 일주일 뒤였다. 시모는 무당집에서 받아온 날짜마다 강현과 관계하라고 오선에게 신신당부했다. 머지않아 오선은 다시 임신했다. 초음파 검사로 배 속 아이가 사내아이임이 드러났다. 오선은 시댁에게 자유의지와 합리성을 바탕으로 본인이 품은 아이를 지우겠노라 선언했다. 그는 말을 마친 뒤 초음파 기계의 초록색 그래프를 생각했다.

"자네는 사내아이에게 무엇을 할 권리가 없어. 아이가 자네 아들일지라도."

시부가 말했다. 그의 어조는 낮고 무거웠다. 그의 요지는 이랬다. 남자아이를 품은 이상 오선은 아이의 매개체로 전락했고 매개체는 사물일 뿐이라는 거였다. 사물엔 자유의지와 권리가 없었다. 오선은 1991년에 발아하기 시작한 세포를, 노아를, 산부인과에서 렌치로 찢을 수 없었다. 그는 끊기지 않는 질긴 끈처럼 이어지는 시아버지의 이야기를 듣다가 갑자기 화장실의 거울을 떠올렸다. 뜬금없이 세면대 거울이라니, 절망의 한가운데서는 상념이 난데없는 곳으로 튀기라도 하는 걸까.

1991년 6월 21일, 노아가 태어났다.

오선은 노아를 낳은 뒤 산후조리원에서 쫓겨났다. 미역국에 담뱃재를 털었다는 이유였다. 퇴소한 오선의 소지품은 크리스털 재떨이 하나였다. 집으로 돌아오니 노아는 시어머니라는 최고급 인큐베이터가 돌보고 있었다. 오선은 거실 바닥에 요를 깔고 누워서 지냈다. 베란다 창으로 거실에 새벽 가로등 빛이 침투했다. 오선은 빛의 그림자 사이를 오가는 날벌레를 담뱃불로 태웠다. 곤충의 생이 스러질 때마다 오선은 반복했다.

"1995년, 1999년, 2005년, 2015년. 소리가 살았을 세상."

오선은 밀레니엄과 2010년대를 지나보낸 뒤 2022년, 강현의 병원에서 같은 말을 반복했다.

"소리가 살았을 세상."

오선이 노아를 응시하며 웃었다. 웃음소리가 오선의 입 대신 콧구멍과 귓구멍으로 새어 나왔다. 소이는 엄마를 응시하며 혹여 엄마가 터져버리지는 않을까, 걱정했다. 노아가 이제껏 터뜨린 여섯 개의 대가리들처럼.

■

거울 속에는 과거가 고여 있었어. 물건을 반사하는 사물이라면 뭐든, 시간을 품을 수 있어.

1995년. 나는 홍역에 걸렸어. 주사를 맞아야 했어. 나는 엄마에게 주사가 맞기 싫은 이유 열 가지와 주사를 맞고 나서 든 억울함에 대한 편지를 썼어.

1999년. 초등학교 시절. 나는 개근상이 목표였어. 그러나 잦은 지각과 무단결석으로 실패. 엄마가 직접 두꺼운 종이에 인쇄하여 내게 개근상을 수여했어. 나는 엄마에게 감사의 편지를 다섯 장 썼어.

2002년. 내 여동생 소이가 태어났어. 나는 소이가 못생겨서 볼 때마다 웃음을 참아야 했어. 나는 내 동생 소이에게 편지를 썼어. 소이 네가 얼마나 못생겼는지. 소이 네가 얼마나 귀여운지. 소이 네가 얼마나 사랑스러운지.

2003년. 소이가 태어나서 처음으로 한 말은 똑같아, 였어. 엄마는 곧 이혼했어. 아빠는 우리 자매를 증오한다고 했어. 아빠는 우리 자매들을 향해 CHI라는 이상한 개념을 들먹였어. 나는 아빠가 미운 이유 열 가지에 대해 엄마에게 편지를 썼어.

엄마는 서울의 집을 팔고 파주에 부지를 샀어. 부지에 주택을 지었어. 전원생활에 들뜬 엄마는 꿩을 잡으려 엽총을 구매했어. 엄마는 이사하다가 발견한 내가 쓴 편지를 모아 책으로 만들었어.

나는 꿩고기를 대접하기 위해 중학교 친구들을 집으로 자주 불렀어. 친구들은 엄마가 내 편지를 모아 책으로 만든 것에 주목했어.

친구들은 편지 책의 두께를 보고 무슨 월간 만화잡지냐고 물었지. 나는 아니라고 했어. 그리고 덧붙였어. 심심하면 읽어봐. 만화보다 더 재밌을걸? 친구들은 내가 1995년부터 기록한 편지를 꼼꼼히 읽었어. 친구들은 책 귀퉁이에 자신들만의 주석을 달았어. 책은 친구들이 한 낙서로 빈 공간이 없이 꽉 찼어. 나의 글씨와 친구들의 글씨들. 엄마는 친구들이 자신들만의 이야기를 쓸 수 있도록 새 편지지를 여러 장 췄어.

친구들은 우리 집에 모여 쉼 없이 편지를 썼어. 편지 쓰기는 우리 반에 유행처럼 번졌어. 나와 친한 친구들뿐 아니라 나를 미워하는 아이들도 우리 집에 들렀어. 우리 반 아이들은 부모님, 친구들, 개와 고양이, 개구리에게 편지를 썼어. 자기 자신에게 편지를 쓰기도 했어. 일기를 쓰기도 했어. 우리 집에는 나 이외에도 1990년에 태어난 수많은 소녀의 일기와 편지가 쌓였어. 엄마는 우리 모두의 편지를 모아 책을 만들었어.

2005년. 소이는 다른 그림 찾기 광이었어. 소이의 생일을 맞아 엄마와 나는 다른 그림 찾기 문제만을 모아둔 책을 선물했어. 그 이후로 소이의 생일에 다른 그림 찾기 책을 선물하는 건 우리 가족의 기나긴 역사가 되었어. 우리 집에는 아주 예쁜 책장이 있었어. 체리 나무로 만들어진, 꼭대기 층에 상아색 레이스 테이블보를 두른 책장. 엄마는 거기에 다른 그림 찾기 책과 나와 친구들이 쓴 편지로 만든 책을 진열해놓았어.

〰

오선이 자리에서 일어나 노아에게로 향했다. 오선은 노아의 턱을 잡고 유심히 살폈다. 소리의 얼굴이 노아의 턱 끝까지 차올랐다. 소리가 노아의 턱 속에서 제 입을 커다랗게 벌렸다. 소리의 이가 노아의 피부를 찔렀다. 노아의 피부가 새하얗게 변했다. 노아가 비명을 질렀다. 오선이 노아의 턱에 귀를 댔다. 그는 소리의 메시지를 기다렸다. 소리가 자기에게 말하기를 기다렸다. 곧 소리가 오선을 향해 속삭였다. 무슨 연유인지는 모르겠지만 1990년에 사라져야 했을 자신이 사념체가 되었다고.

"엄마. 나는 그때 산부인과에서 조각난 뒤 사념체가 되어 서울을 방황했어. 그러다 충무로 신생아의 피, 있어서는 안 될 또 다른 희생을 계기로 드디어 엄마에게로 돌아온 거야."

소이가 다가왔다. 그가 오선에게 물었다.

"언니가 뭐래?"

"자기가 돌아왔대."

소이가 노아의 배를 반복적으로 만졌다. 그는 오빠의 배속 세계를 상상해보았다. 노아의 배를 문지르는 소이의 손길이 거칠어졌다. 소이가 강현을 향해 말했다.

"아빠. 언니를 꺼내줘. 부탁이야."

오선 역시 소이를 바라보며 노아의 배 속을 생각했다. 노아의 배 속은 소화기관이 아니었다. 소리의 방이었다.

오선이 스스로에게 말했다. 소리의 방이 멋졌으면 좋겠어. 몇 년 전 소이와 함께 갔던 뉴욕 호텔처럼 지나칠 정도로 화려했으면 좋겠어. 소리에겐 전담 컨시어지가 필요해. 공간의 모든 직원은 미리 소리의 이름과 지위를 귀띔 받아 소리에 대해 알고 있어야 해. 소리가 루프탑 바에 입장하면 가장 좋은 바 스탠드 자리에 아크릴로 만든 예약 명패를 놓아야 해. 이곳은 소리 님의 예약석입니다. 지오선의 첫째 딸 소리의 자리입니다, 라고 쓰인 명패를 놓아야 해. 만약 소리에게 꿈이 있다면 호텔의 시스템과 인사체계, 난

방 관리 시스템까지 소리의 꿈을 체계화하는 데 도움을 줘야만 해.

■

얼마나 거울을 들여다본 건지 모르겠어. 거울 속에서 나는 2015년과 2018년, 2020년까지 내 삶의 멋진 과거를 감상했지.

2015년. 첫 회사에 입사했어. 입사의 기쁨은 반년 만에 끝났어. 사장이 나보고 화장실 청소를 하라고 하더군. 쓰레기통도 비우래. 싫어요. 나는 사장에게 그렇게 대답했어. 사장은 다른 사람들이 내게 그랬던 것처럼 CHI에 대해 언급했어. 나는 회사에서 잘렸어.

2018년. 취업이 힘들었어. 엄마가 갑자기 뉴욕 여행을 제안했어. 뉴욕 초판본 탐험 투어. 생각해보니 성인이 된 이후로 엄마에게 매달 이십만 원씩 보냈지. 엄마는 그 돈을 모아 비밀 여행을 준비한 거야. 엄마와 나, 소이는 뉴욕 중고 서점을 뒤져 볼라뇨의 『부적』 초판본을 값비싸게 구매했어. 중고 서점 상인이 엄마에게 금박을 두른 명함을 건넸어. 그가 말했어.

"사고 싶은 게 더 있으면 연락 주세요."

엄마가 말했어.

"혹시 크러스너호르커이 라슬로의 『저항의 멜랑콜리』 뉴욕 출판사의 초판도 있나요?"

상인은 잠깐 기다리라고 한 뒤 책을 가져왔어. 엄마는 어마어마한 비용을 주고 책을 구매했어.

2020년. 나는 드디어 취업에 성공했어. 퇴근 뒤 북 아트 클래스에 등록했어. 같은 대학교를 다니던 친구들과 함께 이어 써간 편지를 모아 직접 바인딩했어. 책등에 금칠을 했어. 가죽 커버를 둘렀어.

2022년. 나는 화장실에 갇혔어.

회상을 멈추니 피곤했어. 가벼운 감기에 걸린 것처럼 온몸이 따스해졌지. 한곳을 오래 쳐다보면 이미지가 망막에 뿌리를 내려. 새로운 전경에 익숙해질 때까지 거울의 이미지가 시야를 교란했어. 화장실에 갇힌 지 수 시간이나 지난 것 같았지만 창밖은 여전히 검푸른색이었지. 나갈 수 있을까. 못 나가려나. 젠장. 시간이나 때워야지. 담배 한 대를 피우고 손톱이나 깎아야지.

담배를 피웠어.

기분전환이 된 것 같았어. 별다른 할 일이 없어서 화장실을 둘러보았어. 나는 유독 화장대가 눈에 밟혔어. 화장대로 다가가니 은쟁반이 보였어. 쟁반 손잡이에는 이국적인 넝쿨이 새겨져 있었지. 한 넝쿨 줄기에 싹이 트는 모습

이었지. 최초의 싹. 엄마는 뭐든 첫 번째를 좋아하지? 초
판본, 초기작, 초기 모델, 첫째 딸. 쟁반의 매끄러운 바닥이
빛났어. 쟁반 바닥에서 내 미래가 일렁이기 시작했어. 난
쟁반을 응시했어.

　나와 엄마와 소리의 미래를.

　소이가 노아의 뱃가죽을 만지며 말했다.

　"아빠, 언니를 꺼내줘."

　노아는 입술을 깨물었다. 그가 배 속에서 어떤 이야기를
듣고 있는지 그 누구도 알 수 없었다. 그는 분명 소리의 소
리를 듣는 중이었다. 노아는 이따금씩 고개를 주억였고 웃
기도 했다. 강현이 소이의 팔목을 비틀었다.

　"너한테 언니가 어디 있어."

　2026년. 엄마와 우리 자매는 파주 시내 한정식집 룸을
예약할 거야. 엄마는 전채요리가 나오기도 전에 참지 못하
고 바로 말할 거야. 명함을 받았던 뉴욕 고서점 주인과 이

제껏 연락을 해왔다고. 상인이 그랬대. 크러스너호르커이 라슬로의 『저항의 멜랑콜리』 뉴욕 초판본은 라슬로 자신도 가지고 있지 않대. 라슬로는 그 책이 궁금하대. 그 책이 너무 보고 싶대. 그래서 세계 유일하게, 뉴욕 초판본을 가지고 있는 우릴 헝가리로 초대할 거래. 소이는 음식을 씹는 것도 잊어버린 채 엄마의 말에 집중할 거야.

2029년. 안녕하세요. 씨어. 꾀씨. 미안합니다. 보차넛.

우리 셋은 헝가리로 향했어. 씨어! 씨어? 헝가리 인사말을 연습하겠지. 부다페스트 초판본 협회에서는 라슬로의 『저항의 멜랑콜리』 초판뿐 아니라 우리가 소장한 브라질, 아르헨티나와 칠레, 폴란드 작가 들의 책도 전시해주길 부탁할 거야. 엄마는 협회 관계자에게 전시회로 인한 수익을 전부 협회에 환원한다고 할 거야. 대신 조건이 있는데, 엄마가 모아온 개인적인 초판본도 전시해달라는 것. 엄마는 1990년에 태어난 나와 내 친구들의 편지 초판본도 다른 책들과 함께 전시해달라고 덧붙일 거야.

2043년. 부다페스트의 초판 전시회는 전설이 되었어. 바르샤바의 한 대학교에선 1990년의 CHI를 보유한 나와 친구들의 편지를 이어서 쓰는 작문 수업이 개설될 거야. 런던에서 폴란드로 온 교환학생 한 명이 편지에 각주 달기 수업을 런던에 전파할 거야. 2043년의 여자들은 육필로,

컴퓨터로, 허공의 손짓으로, 꿈속의 타자기로 편지를 이어 쓸 거야.

2066년. 기술 발달의 종점은 원시 체계의 부활이 될 거야. 절대 기술의 잘못이 아닐 거야. 인간의 독촉에 의해 관료제로 회귀했을 거야. 1990년에 태어난 여자아이들이 쓴 편지에 관한 각주는 더 이상 지상에서 쓰이지 못할 거야. 지하의 시인과 소설가 들은 1995년의 내가 그랬던 것처럼, 나무 책상에 앉아 연필로 편지를 이어 쓸 거야. 이어 쓰기 모임 회원들은 동굴에 모여 화롯불 앞에 둥글게 앉을 거야. 낭독을 맡은 사람은 통나무 위에 올라가, 삐딱하게 내려온 베레모를 고쳐 쓸 거야. 그런 뒤 소리에게 썼지만 실상은 자신을 향한 편지를 낭독할 거야.

2091년. 이념이 붕괴하고 매일은 혼돈 속에서 펼쳐질 것이지만 여자아이들은 언제고 나와 친구들의 편지를 이어 쓸 거야. 여자아이들의 느슨한 연결과 연속만이 편지의 생명을 담보할 거야.

2100년. 기후변화로 인해 빙하가 모조리 녹고, 지구를 구성하고 있는 모든 판들이 잘게 쪼개질 거야. 그간 여자아이들이 써놓은 기록들도 쪼개져 사라질 거야. 심해 속으로, 흙 속으로, 무덤 속으로, 시간과 암흑 속으로.

2180년. 하지만 용감한 미래의 여자아이들이 기록을 되살릴 거야.

영원히. 여자아이들은 기록을 되살리고 새로 쓸 거야.

☐

소이와 오선은 노아의 팔짱을 끼고 병원 바깥으로 나왔다. 강현이 병원 창밖으로 몸을 내놓고 노아를 불렀다. 오선은 그에게 가운뎃손가락을 올렸다.

오선과 소이는 차 뒷좌석에 노아를 던졌다. 집으로 가는 내 노아가 게거품을 물었다.

■

난 쟁반을 내려놓았어. 속이 불편했어. 소화할 시간이 필요했어. 내 미래를 소화할 시간. 그렇게 나는 따뜻한 변기에 앉아 있다가, 아, 몇 분이나 앉아 있었지? 이젠 시간을 가늠하지 않으려고 해. 하여간 창 너머는 소란스러웠어. 비명, 발작, 울부짖음. 나는 창틀이 있는 벽 가까이 갔어. 창에 키가 닿지 않았어. 의자를 창가에 가져가 올라갔어. 창문을 열었어. 동이 트고 있었어.

창 바깥엔 피부가 하얀 한 남자가 있었어. 그가 내게 손을 흔들었어. 그는 보라색 유니폼을 위아래로 갖추어 입었어. 재킷 오른편엔 영어로 컨시어지라고 쓰인 명패가 달렸어. 이따금 햇빛에 반사되는 명패 때문에 눈이 부셔 그를 제대로 볼 수 없었어. 아쉬웠지. 괜찮은 사람 같아 보였거든. 동생으로 삼고 싶을 정도로. 그는 철제 사다리를 가져와 창틀 가까이 올라왔어. 내가 물었어.

"화장실 잠금장치에 무슨 일이 있나요?"

그가 말했어.

"죄송합니다. 괜찮으세요?"

그는 창문 철창 사이로 내게 에스프레소와 크리스마스 무드 장식을 곁들인 딸기 케이크를 넘겼어.

"화장실 문이 고장 나는 바람에 불편을 안겨드리게 되었군요."

그가 은밀하게 말했지, 자백처럼.

"손님. 곧 나가실 겁니다."

"감사합니다."

그가 멈칫한 뒤 나를 불렀어.

"누나."

내가 그에게 물었어.

"뭐라고요?"

그가 대답했어.

"누나. 내가 그런 거 아니잖아. 이거 우리 잘못 아니잖아."

나는 나도 모르게 대답했어. 이렇게.

"알아."

�

오선과 소이가 집에 도착했다. 밤 열 시였다. 크리스마스 밤이 저물어갔다. 모녀는 자동차 뒷좌석으로 향했다. 각각 노아의 어깨와 두 다리를 맡았다. 정원 한가운데 노아를 던졌다. 오선과 소이는 발작하는 노아를 응시하며 한참 말이 없었다. 침묵을 깨고 오선이 바닥에 떨어진 노아의 회칼을 집었다. 소이는 루틴대로 숯에 불을 붙였다.

오선이 모닥불로 다가갔다. 그는 불을 응시하며 회칼 손잡이를 문질렀다. 소이가 오선에게 노아를 어떻게 할 거냐고 물었다. 오선은 땔감 나무를 잡고 나이프로 껍질을 벗겼다. 나무토막의 지저분한 표피가 벗겨지자 촉촉한 새살이 보였다. 오선은 칼을 수직으로 들고 나무속을 팠다. 오선이 나무토막에 시선을 고정하고 말했다.

"너는 언니가 궁금하지 않니."

소이는 불을 바라보며 대답을 지연시켰다. 불길이 타오를수록 소이의 배 속에서 뜨거운 것이 차올랐다. 노아에 대한 안타까움도, 뒤틀린 사고방식으로 잠재적 손녀를 학살한 조부에 대한 역겨움도 아니었다. 언니에 대한 호기심, 존재하지도 않는 언니와의 향수. 소이가 작게 웃었다. 없는 대상에 관한 향수라니, 아이러니하기도 하지. 나는 왜 겪어본 적 없는 과거와 미래를 그리워할까. 소이는 잡초를 뜯어 불길로 던졌다. 불이 타올랐다.

화로 가까이 기다란 그림자가 드리웠다. 소이와 오선이 동시에 돌아보았다. 노아였다. 그는 간신히 서 있었다. 노아의 입 바깥으로 다섯 손가락이 모습을 드러냈다. 오선은 자리에서 일어나며 회칼 손잡이를 쥐었다. 그는 칼끝을 세우고 노아에게 다가갔다. 오선이 노아에게 소리쳤다.

"더 이상 남자들을 죽이지 않아도 돼. 소리야."

오선이 희미하게 웃은 뒤 덧붙였다.

"노아는 가만히 있어. 내가 소리를 꺼내줄 거야. 노아도 걱정 마. 아프겠지만 걱정 마."

화롯불이 타올랐다. 빛이 노아의 이마에 혈관처럼 퍼져나갔다. 노아는 욕지기가 오르는지 구역질하다 결국 고꾸라졌다. 노아의 입을 통해 소리의 손, 손목에 이어 팔꿈치가 세상 바깥으로 나왔다. 노아가 뱃고동 소리를 내며 울부짖었다. 노아는 모녀에게 하고 싶은 말이 있어 보였다. 그러나 노아는 문장을 시작하지도 끝마치지도 못했다. 소이가 엽총으로 노아의 이마를 쐈다. 노아의 목이 꺾이며 뒤로 넘어갔다. 소이가 말했다.

"엄마. 이제 언니를 꺼내자."

오선이 칼을 들고 노아 곁에 앉았다. 소이는 오선 옆에 자리 잡았다. 오선이 칼끝을 노아에게 대려는 순간, 오선의 앞에 거대한 거울이 등장했다. 거울은 가로 이 미터, 세로 오십 센티미터였고 전체적으로 흑색을 띠었다. 오선은 이 검은 거울을 〈2001 스페이스 오디세이〉에서 본 적이 있었다. 오선이 칼을 거두고 거울을 응시했다. 소이는 거울로 다가가 귀를 대고 무언가 들어보려고, 느껴보려고 노력했다.

■

난 컨시어지가 준 디저트를 먹으며 그가 오길 기다렸어. 잠시 뒤 도어록을 누르는 소리가 들렸어. 화장실 문이 열렸어. 컨시어지가 나를 향해 정중하게 인사했어. 그가 가까이 다가와 나를 부축했지. 그에게서 나는 향기가 끝내줬어. 서리 덮인 야생 이끼의 향, 파주 전원주택 우리 집을 연상시키는 가족적인 향. 브랜드와 제품 코드를 얻어 엄마한테 선물할까 해. 컨시어지에게 감사를 표하기 위해 그의 명찰을 살폈어.

노아.

왠지 랭보처럼 고아일 것 같은 사람.

화장실 문턱을 넘으려는데 이상한 아쉬움이 남았어. 뒤를 돌아 화장실 전경을 눈에 담았지. 과거와 현재, 미래가 각각 세면대 거울과 은빛 쟁반에 담겨 있었어. 그런데 벽에는 미처 보지 못했던 거대한 액자가 있었어. 족히 하루는 화장실에 갇혔던 것 같은데 처음 보는 액자였어. 저렇게 큰 액자를 왜 발견하지 못했던 걸까.

무슨 다른 그림 찾기인가.

얼핏 액자 속에서 컨시어지 노아의 모습을 본 것 같아. 액자 안에서 그는 경찰이야. 다른 삶이 있었지, 액자 속 세상에선 컨시어지 노아는 그러니까, 내 형제야. 하지만 그 세계에서는 내가 태어나지 않았을 수도 있어. 막연한 상상이지만 불가능한 이론은 아니지. 액자처럼, 거울처럼, 쟁반처럼 상(像)을 반사할 수 있는 사물 내부에는 시간이 고여 있나 봐. 이미지에 맺혀 있는 시간은 각각 투명한 칸막이로 분리되어 있을 거야. 여명이나 새벽달의 신호를 받으면 서로의 세계를 반사할지도 몰라. 이따금 여러 세계가 섞이겠지. 우리는 삶을 살아가면서 여러 차원이 섞인 세계를 목격할지도 몰라. 꿈이라고 착각하며. 하여튼 흥미로운 화장실이었어. 관광객을 받아도 되겠어.

소이야. 엄마. 그거 알아? 지금 이렇게 편지로 쓴 페이퍼 타월은 백이십 장이나 돼. 집에 도착하면 보여줄게.

컨시어지 노아는 나를 로비까지 인도했어. 그가 흰 장갑을 낀 손으로 정문을 가리키며 말했어. 집까지 가는 택시를 불러드렸습니다. 노아는 재차 모자를 들어 작별 인사를 했어. 나는 호텔 로비의 높은 천장과 벽화, 빛을 흘리는 샹들리에, 크리스마스트리를 둘러본 뒤 노아에게 고맙다고 했어.

택시에 타니 기사가 곧장 액셀을 밟았어. 기사의 머리에 난 새치가 멋지더군. 운전은 완벽했어. 기사는 타고난 드라이버였지. 바퀴에 기름칠한 줄 알았다니까. 기사가 도로의 과속방지턱을 어찌나 가볍게 넘던지 다른 직업을 상상할 수 없을 정도였어. 집으로 가는 길에 넓고 기다란, 녹청색 바다가 눈에 띄었어. 바다에 정박한 배에서 어렴풋이 뱃고동 소리가 났어. 나는 나른해져서 하품 두 번을 했지. 그새 집에 도착한 줄도 몰랐어. 택시에 내리기 전 시계를 보니 정오를 막 지났더군.

나는 주택에 도착해 젖은 잔디를 밟았어. 집에서 익숙한 냄새가 났어. 컨시어지 노아가 발산했던 향의 기원이 어쩌면 우리 집 정원일지도 몰라. 내가 집을 비운 지 고작 하

217

루일 텐데, 마당 가장자리를 따라 그럴싸한 영국식 정원이 꾸며져 있었어. 마당 중앙엔 낚시 의자 두 개와 큰 화로가 있었어. 의자 곁엔 삽과 엽총(엄마는 공인된 꿩잡이야), 크리스털 재떨이에 비벼 끈 담배꽁초 한 무더기가 보였어.

총? 술? 담배? 도대체 무슨 일이야. 카르텔 영화야?

내가 절대 화가 났다는 건 아냐. 이게 무슨 난장판인지 궁금할 뿐이야. 도대체 크리스마스에 둘이서 뭘 하고 지낸 거야? 나는 재빨리 집 앞으로 향해 현관문을 두드렸어. 대답이 없었어. 어젯밤 신나게 파티라도 한 모양인가 봐. 나는 베란다 창문을 두드리며 엄마와 소이를 불렀어.

물어볼 게 너무 많아.

말해줄 게 너무 많아.

∎

소이가 눈을 떴다. 소이는 캠핑 의자에 편안하게 누워 있었다. 정오의 볕이 소이의 이마를 찔러 두통이 심했다. 소이는 기지개를 끝까지 켠 뒤 사위를 살폈다. 그는 도저히 가만히 앉아 있기 힘들었다. 소이는 몸을 들썩이며 화로 근처에 널린 조약돌을 집어 이곳저곳으로 던졌다. 내장이 간지러웠다. 정확히 어느 부위인지 지칭할 수 없었다.

소이는 오선을 깨우는 대신 괜히 흐드러진 정원을 빙빙 돌아보았다. 그는 정원의 울타리를 넘어 뒷산도 살핀 다음 다시 화로 곁으로 돌아와 서성였다.

소이의 내면에서 무언가 달라졌다. 그러나 그 무언가를 알아차릴 수 없었다. 다른 그림 찾기인가. 그런데 내가 누구랑 그렇게 다른 그림 찾기를 했더라. 소이가 머리를 긁었다. 무슨 요일이지, 몇 시지, 여기가 어디지. 막 잠에서 깨어난 오선도 머리를 긁으며 소이와 눈을 맞추었다. 오선의 동공은 희부윰한 물음표를 띄었다. 오선이 궁금한 건 정원 전반에 서린 맛의 정체였다. 비릿한 쇠 냄새. 오선이 말했다.

"소이야, 뭐가 변한 것 같지 않아? 다른 그림 찾기인가."

소이가 집으로 향했다. 오선은 소이를 뒤따르며 설핏 정원을 둘러보았다. 어젯밤 정원에서 무슨 일이 있었던 것이 분명했다. 소이와 오선이 캠핑 의자에 앉아 누군가를 기다렸던 것 역시 자명했다. 오선이 누굴 기다린 건지 기억이 나질 않았다. 순간 오선은 제 손에 들린 걸 보고 흠칫했다. 내 손에 들린 회칼은 뭘까.

오선은 현관문을 닫은 뒤 벽에 바짝 등을 기댔다. 아이들에 관하여 되짚어볼 필요성이 있어. 둘째 딸인 소이는 명백한 사실이었다. 그러나 자신의 맏이가 아들인지 딸인지 확신할 수 없었다. 오선에게 맏이의 존재는 정답에서 멀리 떨어진 가설과 단서처럼 다가왔다. 형사가 코르크 판에 압정으로 증거자료를 촘촘히 꽂아놓듯이 말이야. 영화를 보면 형사들은 접점 없이 흩뿌려진 단서들을 실로 잇더군. 연결된 실의 외연이 특정한 모양을 만들 거라고 믿으며. 지오선도 단서를 맞춰보아야 했다. 먼저 맏이의 생일을 가늠해보았다.

1990년 3월 3일. 새벽 세 시.

1990년 3월 3일. 새벽 세 시.

소이가 거실 흔들의자에 두 다리를 길게 뻗고 앉았다. 소이가 말했다.

"엄마. 뭔가 변했어."

오선이 양손을 맞잡고 비틀었다. 지난밤의 일부분에 큰 구멍이 뚫렸다. 깊게 팬 과거의 골 속에서 무엇이 탈출한 건지 혹은 입장한 건지 알 도리가 없었다. 소이가 졸음 섞인 목소리로 덧붙였다.

"더 좋은 쪽으로."

오선이 동의했다. 소이는 예언적인 눈빛으로 현관문을 응시했다. 대문이 은유하는 것이 무엇인지 잘 안다는 듯이. 오선이 마주 잡은 손에서 땀이 고였다. 그가 중얼댔다. 1990년과 베르가못 향기, 규정할 수 없는 기이한 희망. 그리움과 화장실, 세면대 거울, 달빛.

오선이 책장으로 갔다. 체리 나무로 만든 키가 큰 책장

꼭대기엔 코바늘로 정교하게 뜨개질한 레이스가 덮여 있었다. 오선과 두 딸이 힘겹게 전 세계에서 모은 초판본과 다른 그림 찾기 책만을 보관해두는 책장이었다. 책장의 가장 첫 번째 선반 가운데에, 책등에 금박을 두른 책이 한 권 있었다. 풀 먹인 실로 책등을 꿰매고 하드커버를 덧대 금박을 두른 특별한 책. 최초의 책. 오선이 그 책을 집었다. 역광이 책 제목을 은닉했다. 오선은 식탁에 드리운 빛 조각을 따라 자리에 앉았다.

『소리의 편지』

나의 첫 번째 딸, 1990년 3월 3일. 새벽 세 시 출생. 어떻게 소리를 잊을 수가 있었지. 찰나의 망각일지라도 오선은 스스로를 용서할 수 없었다. 소리. 결코 복제 불가능한 초판의 아이. 그 아이가 집필한 책의 초판본이 오선의 손에 들려 있었다. 소리는 습관적으로 오선과 소이에게 편지를 썼다. 감정과 상황에 구애받지 않고, 언제나 기록했다. 무릇 소리에게 기록이란 의무적이었다. 동시에 본능이었다. 오선은 소리의 편지를 한 장도 폐기한 적이 없었다. 편지는 유일했기에. 대체 불가능했기에. 설사 소리가 사라지더라도 그의 존재를 되짚어갈 수 있을 실존 증명서였기에. 오선이 1990년의 CHI를 극복한 한 개인의 역사서인 『소리의 편지』를 펴려고 하자 누군가 문을 두드렸다.

VII

이뼈가 소녀들을
그곳으로 인도하리라

기온이 섭씨 팔십 도에 육박했으니 빙하가 녹는 건 이치에 맞는 일이었다. 빙하가 녹자 지구의 지각을 이루던 판이 잘게 조각났다. 판들은 군락 규모에 불과했고 각자 망망대해를 막연하게 떠돌다가 때때로 만났다. 판이 쪼개진 초기 시절, 사람들은 서로의 헤어짐을 로맨틱하게 받아들여 활발하게 교류했다. 서로 이별한 지 오래된 지금, 전 세계 사람들은 지루할 뿐이다. 미래가 태어나고 자란 마리안느 여성 통합 기숙학교 판에는 약 백오십 명가량의 사람과 사십여 마리의 고양이가 거주했다.
　미래는 올해 2184년 7월에 막 열여섯 살이 되었고 운동장 야자나무 그늘 아래 누워 있었다. 2180년도의 인간과 고양이의 평균수명은 삼백오십 살이었다. 미래는 이제 고작 열여섯 살이었다. 친구인 클라리시는 미래 옆에 누워 더위를 참고 있었다. 미래는 직사광선을 맞아 반질거리는 클라리시의 갈색 다리를 맥없이 응시했다. 검은 고양이 5-953이 클라리시의 배 위로 올라갔다. 오후 두 시, 운동장에 감도는 후덥지근한 공기엔 명확한 권태와 나른함이 서렸다. 미래가 하품했다.

마리안느 여성 통합 기숙학교에 입학한 소녀들은 마음대로 전공을 선택할 수 있었다. 하기 싫으면 아무것도 안 할 수 있었다. 화폐도 없었다. 원하는 건 다 가질 수 있었고 먹을 수 있었다. 박해도 차별도 싸움도 없었다. 미래는 가끔 궁금했다. 왜 우리의 삶은 완벽한 걸까. 왜 우리는 노력조차 하지 않고 놀면서 살아도 괜찮은 걸까. 마리안느 판에서는 학구적 토론 외에 편가르기나 다툼이 드물었다.

특히 할매 구루들, 즉 학교 선생님들은 소녀들이 부정적이거나 공격적인 감정에 속박되지 않게 하려고 주의를 기울였다. 그들은 소녀들의 '듣기 싫어. 관심 없어'라는 심드렁한 외침에 알레르기가 있는 것처럼 굴었다. 미래는 언젠가 구루 발렌티나에게 '내가 원하지 않는 걸 듣게 하지 마. 나는 우리 여자들이 어떻게 이토록 자유로워지게 되었는지, 역사 따위에 관심이 없다고. 할매들이 과거에 어떤 고

생을 했고 무엇을 했는지 관심이 없어'라고 소리친 적이
있었는데 백구십사 세에 육박하는 늙은 발렌티나 구루의
얼굴에 서린, 처음 보는 주목할 만한 경악을 포착했다. 발
렌티나는 스스로 금기를 범했기에 벌을 받아야 한다고 생
각하나 싶을 정도로 참담한 얼굴이었다. 발렌티나가 스스
로를 벌했는지는 미래가 모를 일이다.

미래는 마리안느 판이 제공하는 모든 놀이에 정통했다.
극장에 가서 팔십 밀리미터 필름으로 만든 영화를 봤다. K
팝이라는 기이한 장르에 천착했다. 21세기에 활동했던 잘
생긴 덴마크 가수 엘리아스 벤더 로넨펠트를 궁금해했다.
미래처럼 지루해진 학생 중 일부는 세계정부가 지원하는
시야 넓히기 프로젝트의 도움을 받아 초음속 포드를 타고
다른 판을 여행했다. 그런 걸 좋아하는 애들은 그런 거고
미래는 아니었다.

스스로를 확장하는 방식으로, 공작이라는 전설적인 동
물의 날개 모양처럼 방사형으로 지루함을 타파하는 아이
들이 있었던가 하면, 미래는 반대였다. 미래는 돌출보다는
오목함을 선택했다. 공작보다는 두더지가 되기를 택했다.
미래가 판의 뒷산과 숲을 드나들며 땅을 파기 시작한 건
우연이 아니었다. 언젠가부터 클라리시도 땅 파기에 합류
했다.

미래가 자리에서 일어나 엉덩이를 털었다. 그는 5-953을 품에 안고 클라리시를 향해 휘파람을 불었다. 숲으로 땅을 파러 가자는 신호였다. 셋은 숲을 향해 땡볕을 걸었고 곧 도착했다. 참고로 미래가 삼 년간 숲에서 발견한 사물들은 이랬다.

카세트테이프(여기서 노래가 나온다), 흰색의 작은 바디수트(귀여운), 탐폰(옛날엔 여성의 몸에서 피가 흘렀다고 들었다), 피임약(그 피를 멈추게 하는 약).

클라리시가 발견한 사물들은 이랬다. 립스틱(직접 입에 바르는 것), 스팽스(하복부의 살을 보정해주는 효과가 있다고 한다), 핑크색 남성 성기 모양 장식품(딜도라는, 사람들이 성욕을 해결했던 상품), 십 센티미터의 플랫폼 힐(이 위에 올라타 걸어 다녔다고 한다).

예전에 클라리시는 장난삼아 립스틱을 바르고 스팽스를 입은 뒤 힐에 올라타 한 손에 딜도를 든 적이 있었다. 미래는 그런 클라리시의 모습이 변태 같다고 생각했다. 그리고 방금 두 친구가 숲의 깊은 곳에서 찾은 게 있었다. 뼈였다. 미래는 뼈를 딱 한 번 보았다. 〈2001 스페이스 오디세이〉라는 영화에서였다. 그게 전부였다. 사실상 2100년대의 인간은 전체 수명이 사백오십 살에 이르렀기에 죽는 사람도 거의 없었다. 21세기엔 여자들이 자살도 많이 했다던데 마리안느 판에서는 자살할 이유도 없었다.

뼈는 정확히 숲의 중간 지점의 좌표 .-.. .. -... .-. .- .-. -.--에서 땅을 오십 센티미터가량 파낸 자리에 있었다. 미래와 클라리시는 딜도로 구덩을 팠다. 클라리시는 바지를 걷고 뼈를 집어 평지에 서 있는 미래에게 건넸다. 미래는 흙과 세월이 스며들어 갈변화된 뼈를 들고, 〈2001 스페이스 오디세이〉에 나온 유인원들이 그랬던 것처럼 공중에 던져보기도 했다. 뼈가 우리를 어딘가로 인도하리라. 우릴 데려가주리라, 존나 재밌는 곳으로.

클라리시가 바짓단을 내리고 평지로 올랐다. 미래는 흙바닥에 뼈를 특정한 방식대로 나열했다. 미래가 말했다.

"아기의 뼈가 분명해."

아이는 왜 죽어야 했을까. 몇 살이나 되었을까. 지상에서 숨을 쉰 적이 있긴 했을까. 미래의 가슴속에 둔중한 무언가가 들어섰다. 그새 5-953이 다른 걸 발견했다. 검은색이었고 거울처럼 매끈한 조약돌이었다. 5-953이 콧등으로 돌을 움직이며 유난히 시끄럽게 울었다. 미래가 주의를 기울이니 돌에는 고대 한국어가 새겨져 있었다. 미래와 클라리시는 고대 한국어에 무지했다.

미래와 클라리시와 5-953은 학교 운동장으로 돌아왔다. 미래는 야자나무 아래에 의문에 찬 얼굴로 앉았다. 마침 재이와 발렌티나 구루가 근처를 지났다. 재이 구루는 왼쪽 팔과 눈이 없어 의수와 안대를 쓰고 다녔다. 성한 오른쪽 팔에는 미래가 읽어보지는 않았지만 뜻깊은 내용일 타투가 있었다. 재이 구루와 항시 쌍둥이처럼 붙어 다니는 발렌티나는 알다시피 꼬장꼬장한 할매였다. 그나마 재이가 조금 더 쿨했다.

미래가 구루 재이와 발렌티나를 불렀다. 두 구루는 이야기하느라 움직이던 손짓 그대로 멈추어 미래의 뜻밖의 호출을 온몸으로 느끼는 중이었다. 소문에 이르길 구루 재이와 발렌티나는 2023년, 까마득한 시절에 레지스탕스로 활동했다고 했다. 구루 재이의 오른팔을 빽빽하게 메운 타투의 뜻은 구출한 사람 이름의 나열이라는 추측도 나돌았다. 미래가 교양수업으로 고대 한국어 배우기를 택했다면 재이의 타투와 돌에 쓰인 글자도 읽어낼 수 있을 텐데. 미래는 처음으로 재이와 발렌티나의 과거가 궁금해졌다. 할매들이 레지스탕스였다니. 총을 쐈을까? 추격전을 벌였을까? 사람도 죽였을까? 뭘 위해서?

클라리시가 미래보다 성격이 급했다. 그는 구루 발렌티나에게 다가가 팔짱을 껴 야자나무 아래로 데려왔다. 평소라면 결코 생각지도 못했을 호의라 발렌티나는 어리둥절했다. 그간 학교에서 저지른 행패 아닌 행패들이 기억난 미래는 쉽사리 구루 재이에게 말을 걸 수 없었다. 클라리시가 알아서 하길 바라는 수밖에. 클라리시가 말했다.

"숲에서 돌을 찾았어. 분명 한 시간 전까지 나는 지루해서 죽을 지경이었는데 말이지. 여기 뭐라고 쓰여 있지, 구루 발렌티나?"

발렌티나가 돌 쪽으로 시선을 내리자 얼굴의 주름이 턱 쪽으로 몰렸다. 그가 읽었다.

"1990년 8월 14일, 새롬이. 오, 새롬이로구나. 새롬이."

1990년이라는 숫자를 듣고 5-953이 그르렁대며 발렌티나의 무릎에 앉았다. 재이가 웃음기 섞인 목소리로 새롬이, 새롬이 하고 맞장구쳤다. 미래가 말했다.

"새롬이가 누군데? 그 조그만 애가 새롬이야?"

그때 조류가 바뀌었다. 건너편에서 새로운 판이 다가왔다. 낯선 판이 몰고 온 청록색 물바다가 마리안느 판의 적푸른 거품과 섞여 제3의 빛깔로 변했다. 판이 다가오는 굉음이 미래의 왼쪽 귀를 돌아 오른쪽 귀를 통과했다. 수평선 중간에 검은 돌을 깎아 만든 높은 건물이 드러났다. 건물은 매력적이었다. 재이가 넋이 나간 미래에게 말했다.

"내 친구의 판이 오고 있어. 일종의 역사 도서관이지. 저기에 들르면 새롬이에 관한 답을 얻을 수 있어."

미래가 대답했다.

"나는 과거에 어떤 대단한 사람들이 한 대단한 일 따위는 알고 싶지 않다고. 나랑 클라리시가 땅을 파는 건 단지 예전에 우리 같은 애들이 어떻게 살았는지 궁금하니까 하는 거야."

구루 재이가 미래의 푸념에 대답했다.

"우리가 너희들에게 가르치려고 한 건 그 대단한 사람들에 관한 이야기가 아니야. 네가 지금 들고 있는 그 돌에 새겨진 이름을 가진 사람들이었지."

한 시간 뒤, 판이 닿았다. 건너편 판에 낯선 두 할매가 서 있었다. 두 할매는 본인들이 굳이 밝히지 않아도 자매란 걸 알 수 있었다. 구루 재이가 소리쳤다.

"소리, 소이. 여전하네. 우리 아기들이 새롬이가 궁금하다더군."

검고 단단한 돌로 만든 건물 앞에 선 자매가 고개를 끄덕였다. 자매 중 한 노인이 판과 판 사이에 금속 팔레트를 놓아 길을 만들어주었다. 미래가 팔레트를 거의 다 건너자 반대편 할매가 손을 내밀었다. 미래는 노인의 팔에 솟은 강건한 근육을 지문으로 감쌌다. 미래가 나머지 손을 클라리시에게 뻗었다. 클라리시가 오른손을 뻗었고, 그런 그의 어깨 위로 5-953이 올라 미래를 지나서 판에 착지했다.

건너편 판에 도착한 미래가 건물 쪽으로 고개를 치켜들고 중얼댔다. 그의 목소리에 희미하게 놀람이 서렸다.

"건물이 아니라 한 권의 커다란 책 같아. 존나 멋있어."

"도서관이지만 책보다 더 재밌는 걸 체험할 수 있지."

소리 할매가 말하자 클라리시가 묻는 시선을 보냈다.

"내 친구 예보람은 귀신 들린 집에 놀러 가는 취미가 있던 독특한 녀석이었지. 나와 소이가 다양한 판과 맞닿을 때마다 소녀들이 도서관에 뭐가 있는지 궁금해하더군. 하지만 우린 활자 인쇄 방식의 도서만을 고집했기에(우리가 가진 대부분의 자료가 수기거든) 소녀들은 책에 관심을 전혀 두지 않았어. 그때 예보람이 말했지. 도서관을 테마파크로 만들어, 멍청이들아. 지금은 2100년대라고."

미래가 물었다.

"소리와 소리 할매는 여기 살면서 도서관을 지켜?"

자매 할매가 자랑스럽게 대답했다.

"소녀들이 방문할 때만. 그 이외엔 아무것도 안 해. 아무것도 안 하기 위해 투쟁했어."

네 사람과 5-953이 도서관을 향해 걸었다. 미래가 소리일지 소이일지 모를 노인에게 작은 돌을 보여주며 돌이 의미하는 바를 물었다. 자매 할매가 자력에 이끌리는 양돌 쪽으로 고개를 모았다. 그들은 작은 글자를 읽더니 서로에게 튕겨 나가 소리쳤다. 새롬이!

"새롬이를 여기서 보는군. 1990년 8월 14일에 태어났다가 반나절 만에 살해된, 음악을 좋아할 게 분명했을 새롬이는 우리 곁에 평생 머물고 있어. 1990년생, 새롬이. 우리의 새롬이."

미래는 할매에게서 돌을 받아 주머니에 넣었다. 클라리시와 미래는 새롬이가 도대체 누군지 궁금한 나머지 광기에 찬 더위 가운데서도 오한을 느꼈다. 둘은 서로의 팔에 돈 소름과 바짝 선 털을 공유하며 오줌을 참는 꼬마들처럼 온몸을 꼬았다. 자매 할매가 새롬이의 이름을 연신 연호하며 미래와 클라리시의 궁금증을 자극했다. 1990년 8월 14일생 새롬이. 미래와 클라리시가 알 수 없을 연유로 살해당했고 피부가 썩어 백골로 남았기에 주목받는 새롬이. 할매 자매의 외침이 끝난 건 도서관 정문이 열리고 나서였다.

새롬이! 새롬이! 우리 새롬이! 1990년생 백말띠 새롬이!

도서관 사 층까지 전부 책장이었고 천장은 유리로 만들어져 햇빛이 건물 내부에 가득했다. 책장에는 빈틈없이 책이 꽂혀 있다. 미래는 관심 없는 눈치로 두리번대다가 일층에 늘어선 작은 문 여러 개를 발견했다. 이미 자매 할매도 문을 가리키고 있었다. 그들이 말했다.

"많은 책이 문 뒤에 응축되어 있지. 새롬이가 궁금하면 들어가서 놀다 나오렴."

"재미없으면 할매들이 책임질 거야?"

미래가 물었다. 할매 자매가 어깨를 으쓱하며 덧붙였다. 가기 싫으면 가지 마. 할매의 대답을 듣자 미래에게 이상한 반항심이 솟구쳤다. 미래는 클라리시는 잠자코 여러 개의 문 앞에 섰다. 모놀리스 문 앞에는 표지판이 없었다. 그럼에도 미래와 클라리시는 방이 어떤 테마를 가졌는지 인식할 수 있었다. 첫 번째 문은 '고양이와 두더지 땃쥐와 개와 바퀴벌레 들의 방'을 은유했다. 클라리시가 5-953에게 고개를 숙이고 턱짓했다.

"953, 딱 네가 재미있어 할 텐데 네가 들어가."

5-953이 자기에게 뭘 하라고 시키지 말라고 야옹 한 뒤 방에 들어갔다. 우리랑 지내더니 닮아간다니까. 클라리시가 중얼댔다. 그는 양손을 맞잡고 고민하다가 '레지스탕스의 방'임을 은유하는 검은색 문 앞에 섰다. 클라리시는 방의 자력에 이끌려 방 안으로 흡착되어 사라졌다. 미래는 '대학살의 방'이라는 제목의 방 앞에 섰고 클라리시처럼 흡착되었다.

미래는 낯선 곳에 도착했고 왼손에는 새롬이의 이름이 새겨진 검은 돌이 있었다. 체구가 아주 자그마한 여자아이가 다가와 미래의 손을 붙잡았다. 미래는 아이의 뒤통수에 내려앉는 흰색 가루가 인상적이었다. 눈이었다. 하얀색 결정, 부들하고 차가운 촉감의 눈, 얼음의 결정체. 미래가 하늘을 향해 입을 벌려 눈을 한가득 씹었다. 아이는 개의치 않고 미래를 계단으로 이끌었다.

계단을 올라 입장한 곳에는 이국적인 장소가 펼쳐졌다. 천장에 수많은 흰색 리본이 달려 있었다. 리본에는 미래가 읽을 수 없는 한글로 무언가 쓰였다. 아이가 고개를 돌리자 미래가 뒤로 물러났다. 미래가 삼켰던 눈이 녹아 입술 바깥으로 흘렀다. 아이는 갓난쟁이와 할매의 얼굴을 동시에 가진 유령이었다.

유령이 미래를 이끈 곳에는 나이 든 여자들, 그러나 할매 재이나 발렌티나보다는 젊은 여성들이 둥그렇게 모여 앉았다. 그들은 거의 들리지 않을 정도로 낮은 목소리로 이야기 중이었다. 엄마들이야. 미래가 깨달았다. 저 여자들은 엄마들이야. 그리고 이 유령 아이는 지안이야. 미래가 지안에게 귓속말했다.

"지안. 새롬이는 어디 있어?"

지안이 얼마 없는 손가락으로 한 여자를 가리킨 뒤 미래에게 귓속말했다.

"새롬이 엄마한테 물어봐."

미래는 새롬이 엄마가 누군지 금방 알았다. 단발머리를
했고 눈가 주름이 진했다. 새롬의 어머니는 미래가 발굴했
던 카세트테이프라는 걸 만지작거렸다. 미래가 새롬의 엄
마에게 작게 물었다.

"새롬이는 왜 죽었어?"

"지안과 같은 이유로."

"새롬이를 왜 묻었어?"

"새롬이를 누가 죽였는지 알고 싶니, 미래."

미래가 끄덕였다. 어디선가 새롬이! 새롬이! 우리 새롬
이! 1990년생 백말띠 새롬이! 라는 외침이 작게 들렸다. 미
래는 검은 돌을 치켜들고 자세히 살폈다. 빛이 검은색 층
을 하나씩 통과할 동안 미래는 누군가 자기 뇌를 꼬집는
듯한 감각을 느꼈고 마치, 이 모든 단면이 책을 이루는 페
이지라는 생각이 들었다. 매우 정교하게 제작된 신경 다발
일지도 몰랐고 알맞은 온도와 시간, 특정한 판에 위치하
면 미래에게 어떤 진리를 가져다줄 진리의 돌일지도 몰랐
다. 새롬의 엄마가 미래의 손에 담긴 검은 돌을 손으로 포
갰다. 돌이 중력에 반발하려는 듯 갑작스레 진동했다. 천
장에 추모를 위해 피워둔 향의 가늘고 긴 연기가 나선형
으로 돌았다. 미래의 눈이 감겼다. 졸렸다. 눈을 뜨니 깊은
숲속이었다.

미래의 눈앞에 1990년 8월 14일이라고 쓰인 홀로그램이 나타났다. 미래는 고대 한국어를 읽을 수 있었다. 그가 일어나 주위를 살피자 마른 남자가 허리를 구부리고 삽으로 땅을 파는 모습이 보였다. 늙은 남자의 곁에는 지안을 비롯한 반투명한 유령-아기들이 양손을 맞잡고 남자를 둥글게 둘러쌌다. 미래는 도서관 에너지와의 통합을 통해 1990년과 완벽히 융화되었으며, (나는, 나는, 미래가 서툰 한국어로 말했다.) 지금 제 앞에서 날개 뼈를 움직이며 땅을 파는 남자가 양대기라는 것, 그가 며느리에게 약국에서 처방받은 약물 칵테일을 먹여 배 속의 새롬이를 없애려 했지만 기어코 며느리는, 미래가 법당에서 본 머리가 짧은 그 여자는, 새롬이를 낳았다는 걸 누가 가르쳐주지 않아도 깨우쳤다. 마치 미래가 애초부터 새롬이네 가계도에 속한 사람이기에 가족사에 정통한 것처럼. 사소한 부분까지.

나는 알고 있어.

미래가 혼잣말했다.

나는 다 알아. 오, 나는 알아. 이미 알고 있었어. 양 노인이 새롬이를 죽였어. 새롬이가 강하다는 이유로.

양대기는 오십 센티미터가량 땅을 파고 그 안에 흰색 바디수트에 싸인 새롬이의 축 처진 몸을 넣었다. 갓 태어나자마자 바로 목숨을 잃은 새롬이가 구덩이 속에 누워 있었다. 마리안느 판 수풀에서 미래가 찾았던 흰색 바디수트는 새롬의 배냇저고리였다. 저고리를 입은 새롬이. 1990년생 백말띠 새롬이. 미래가 구루 재이와 발렌티나, 할매 자매가 읊었던 문장을 되새김질했다. 1990년생 백말띠 새롬이. 지안과 유령-아기들이 양손을 잡고 남자 주위를 뱅글뱅글 돌았다. 미래가 양대기에게 작은 목소리로 물었다.

"새롬이를 왜 죽였어?"

양대기가 지둔한 얼굴로 허공을 향해 대답했다.

"1990년 백말띠에 태어난 애새끼들은 존나 쎄서 말이야, 아들들 기를 죽일 테니까."

양대기가 말을 마치고 미래 쪽으로 고개를 돌렸다. 미래의 이마에서 땀이 흘렀다. 입가에 난 땀을 핥으니 쓰고 짰다. 미래의 얼굴을 온통 덮은 땀은 그동안 미래가 겪은 지루함과, 지루함에 관한 의문과, 새롬이의 이름을 들었을 때 마주한 답답함의 진액 같았다. 미래에게 삽시간에 수많은 물음이 닥쳤다. 왜 양대기와, 양대기의 이론에 동의하는 자들은 여자아이를 제거해야만 후손의 기를 세울 수 있다고 여기는 걸까. 그들이 말하는 기는 얼마나 나약하기에 여자아이에게 지는 걸까.

양대기 같은 사람들은 언제나 기가 부족한 사람들이었다. 그들의 에너지가 담긴 조악한 항아리는 거의 매번 비어 있었기에, 매주 산에 올라가서 야호 하고 소리 지르며 산의 정기를 얻어 항아리를 채워야 했다. 고양이와 뱀과 말을 죽여 끓인 탕에서 얻은 에너지의 정수만을 모아 항아리에 부어야 했다. 자연의 고요와 짐승을 말살한 자들의 최후 타깃은 타고나길 강인한 에너지로 무장한 흰색 말의 딸들이었다. 1990년에 태어나야 했을 여자아이들은 완벽했기에 지워질 수밖에 없었다. 그들이 무서워한 건 고작 작은 여자아이들이었다.

미래는 이해할 수 없었다. 그가 아는 한 에너지란 타고난 것이며 모자란다면 바깥에서 찾을 게 아니라 내부에서 길러야 했다. 거룩하고 높은 산의 명상을 깨우거나 말을 도축해 고기로 만들지 않더라도 자기 자신에게 진실하다면 원기와 에너지, 기는 충분히 자급자족이 가능했다.

사방이 고요했다. 미래는 양대기의 눈을 보며 꼼짝도 하지 않았다. 양대기의 숨소리 박자에 따라 미래의 내부에서 끊임없이 분노일지, 슬픔일지, 괴로움일지 희한한 희열감일지 하는 난해한 감정이 일렁였다. 배냇저고리에 싸인 새롬이는 백구십사 년 뒤 살과 근육이 삭아 뼛조각만 남은 상태로 미래와 클라리시, 검은 고양이에 의해 발견될 것이다. 미래가 물었다.

"새롬이가 위험한 사람이 될지 당신이 어떻게 알아."

양대기가 무릎을 꿇고 양손을 갈퀴처럼 펴 흙을 만졌다. 그의 열 손가락 사이로 밤색 흙이 흘렀다. 그가 읊조렸다.

"난 알아."

"어떻게 알아."

"나는 집안의 가장이니까. 내 힘으로 한국을 세웠으니까. 우리 세대는 막강하니까."

"나는 사람을 죽였으니 씨발 또 대단한 이유가 있는 줄 알았지."

양대기는 아집이 강했고 하고 싶은 대로 여자들을 다루었다. 여자들의 신체를 조종하고 개조하길 원했고 자기가 원한 바를 이루기 위해 미신을 조장했다. 실은 양대기 자신도 백말띠의 저주를 믿지 않았을 것이다. 그저 사람들을 원하는 대로 휘두를 구실이 필요했을 뿐이었다. 양대기는 곧 사후세계로 건너가겠지. 거긴 지옥일까? 그곳에서 실컷 고집이나 부렸으면 좋겠다. 하지만 2184년엔 당신이 없애고자 온갖 핑계를 댔던 새롬이의 백골이 남긴 흔적을 좌표 삼아 양대기 당신이 그토록 증오하던 백말띠의 후손인 미래가 살아갈 테지.

미래가 사는 세상에는 매년을 상징하는 동물 따위는 사라진 지 오래였다. 그러므로 의지가 있는 한 스스로를 규정할 수 있었다. 미래는 자신을 백말띠로 규정할 것이고 백말띠 선배들이 이룬 땅에서 완벽한 나른함을 즐길 테다. 삶을 사랑하고 사소한 모든 것이 발하는 빛을 탐닉할 것이다.

할매 자매가 말했었지. "아무것도 안 해. 아무것도 안 하기 위해 투쟁했어." 아무것도 하지 않고, 남들이 아닌 자신이 스스로의 육체를 지휘할 수 있기까지 할매들은 너무 오래 기다렸다. 무위의 산물인 나태와 지루함은 빌어먹을 것이 아니라 축복의 선물이었다. 미래의 세계에선 그 누구도 미래에게 기가 세다느니, 누굴 죽일 거라느니, 사회를 망칠 거라느니 하는 저주를 퍼붓지 않았다. 미래는 할매들이 그토록 원했던 조용한 지루함을 선천적으로 얻은 채로 태어났다. 할매들이 소녀들에게 역사를 가르치지 않은 건 어쩌면 당연한 일이었다. 할매들은 소녀들이 듣기 싫은 잔소리에 괴로워하지 않도록 애써왔다. 어른이 대신 아이들의 미래를 결정하지 못하도록 애써왔다. 미래는 발렌티나구루의 아연실색한 얼굴을 떠올렸다.

미래와 양대기 주위를 둥그렇게 두른 유령-아기들의 개체가 늘어났다. 유령-아기들은 몸속의 진동을 늘려 크기를 증폭시켰다. 서로의 몸을 연결해 거미줄처럼 얇고 넓게 퍼졌다. 미래는 새롬이의 무덤 옆에 쪼그려 앉았다. 지안과 유령-아기들이 엉겨 붙어 만든 세심한 망사 망토가, 역사와 기록과 기억의 장막이 미래를 감쌌다. 망토는 양대기

를 비롯해 하얀 털이 빛나는 말을 거부했던 사람들이 그
토록 무서워했던 특정한 기를 내포했다. 죽은 언니들의 에
너지 속에 자리 잡은 미래의 목에 뜨거운 응어리가 걸렸
다. 그렇지만 미래는 울지 않았다. 도서관을 통해 친구를
얻었고 공통 기억을 유산으로 상속받았으니까. 하품이 났
고 졸렸다. 미래가 눈을 떴을 때는 도서관 일 층이었다.

　일 층의 매끄러운 바닥 위에 자매 할매가 누워 있었다.
미래보다 먼저 도착한 클라리시가 허공에 총 쏘는 시늉을
하며 할매들을 향해 재잘댔다. 자매 할매는 누운 채로 클
라리시에게로 눈을 깔고 이야기를 들었다. 완벽하게 고대
한국어와 스페인어를 마스터한 클라리시는 젊은 시절의
재이와 발렌티나 구루와 함께 글록 권총 손잡이로 바운티
헌터의 머리통을 깨부수었다고 했다.

　"구루 재이와 발렌티나는 싸웠어. 미래야."

　"무얼 위해서?"

　미래가 말했다.

　"베눌라는 과거에 야만스러운 족속들로 가득했었지. 여
자의 출산마저 국가가 통제하려고 할 정도로. 구루 재이와
발렌티나는 국가를 상대로 총과 야구방망이를 들었어."

　클라리시가 자매 할매의 옆에 비스듬히 앉았다. 미래 역
시 그들 옆에 누워 팔베개했다. 도서관 바닥에 동그랗게

난 햇빛 그림자에 네 명의 여자가 나란히 나른하게 정신을 놓고 멍하니 있었다. 단단한 구름이 이따금 해를 가렸기에 네 명의 얼굴이 빛났다 어둠에 잠겼다를 반복했다.

미래가 입술을 잘근잘근 씹으며 유리 천장을 보았다. 자외선이 따가워 얼이 빠질 지경이었지만 기분이 나쁘지 않았다. 좋았다. 미래가 만난 시대의 어머니들은 이상한 기류에 억압당해 억지로 아이를 죽여야 했다. 클라리시가 도착한 시대의 어머니들은 이상한 기류에 억압당해 억지로 아이를 낳아야 했다. 도서관이 기록해온 여자들이 싸워온 건 결국 스스로 모든 일을 선택하고자 하는 당연한 권리였다. 빌어먹을, 정말 살기 힘든 시절이었겠다. 미래는 살면서 한 번도 무언가가 힘들다는 고민을 해본 적이 없었다. 그런데 지금, 도서관의 미지근한 돌바닥에 누워 있는 현재는 그 빌어먹을 힘듦에서 비롯된 것이었다. 미래의 현존은 할매들이 깨부수고 재건축하고 닦아놓은 토대 위에 있었다. 미래가 고개를 돌려 할매 자매의 얼굴을 낱낱이 뜯어보았다. 불가사의한 동공과 화석의 흔적처럼 남은 주름, 해에 그을린 피부와 기미, 주근깨, 상처를 봉합한 자국과 피부질환.

미래의 뼈까지 뜨거워지는 느낌이었다. 할매 자매와 구루 재이, 발렌티나와 다른 구루들의 육체는 지난 세월 제

육체를 되돌려 받기 위해 투쟁했던 모든 행동과 정신의 산물이었다. 할매들의 몸은 역사였고 미래는 그들의 몸을 관찰하며 미래를 꿈꿀 수 있을 것이다. 미래는 그간 구루재이와 발렌티나가 단지 구시대의 산물이며 지루하기 짝이 없는 사람이라고 막연한 오해를 하고 있었다. 그러나 할매들은 싸워왔으며 때때로 폭력을 사용했다. 미친년이라 낙인찍힐 각오를 하고 있었다. 미래가 숨을 깊게 들이마시고 도서관 내부에 서린 시큼한 생명력의 냄새를 음미했다. 클라리시가 할매 자매 쪽으로 조용히 말했다.

"소리와 소이 할매, 알고 있었어요? 5-953이 서울 충무로 고양이 구역 순찰 대원이었던 거?"

할매 자매가 배를 잡고 박장대소했다. 그들이 동시에 말했다.

"그럼. 인간 수명과 함께 고양이 수명도 무지막지하게 늘었거든."

충무로의 수색 대원이었던 검은 고양이 5-953는 모든 걸 목격했을 것이다. 맙소사, 5-953. 너는 다 알고 있었어. 5-953이 조그만 돌멩이를 찾아 미래와 클라리시에게 넘긴 건 어쩌면 필연일 수도 있다. 미래는 5-953의 재치에 감탄하는 한편 미래와 클라리시가 돌을 무시했으면 어땠을까, 가늠해보았다.

"넌 다 알고 있었지?"

미래가 손안의 검은 돌을 꽉 쥐고 5-953에게 물었다. 검은 고양이 5-953이 눈을 깜빡이며 대답했다.

"야옹."

이 소설을 쓰며 나는 많은 예술가들과 대화를 나누었다. 블랙 컨트리 뉴 로드와 토킹 헤즈, 스탠리 큐브릭, 때로는 케이트 부시와 말이다. 「베눌라의 우버 운전사」를 쓰며 페르난도 바예호와 그의 소설 「청부살인자의 성모」에 관해 소통했고 「초판의 아이들」을 수정할 땐 로베르토 볼라뇨에게 소설 『부적』을 어떤 마음으로 썼는지 물어보기도 했다. 물론 나의 일방적인 대화라 안타까웠지만. 그들이 정말 내 지인이라면 좋았을 텐데.

이 소설에는 나의 영혼과 신체가 담겼다. 초고를 써 내려가며 뜯어낸 손거스러미나 한겨울임에도 손바닥을 적셨던 땀, 혹은 싫증과 나태, 속쓰림과 개운함이 녹아 있다. 나는 소설의 일부를 아주 많은 곳에 들고 다녔다. 원고들이 어딜 다녀왔고 거기서 어떤 노래를 들었고 이동하는 동안 가방 속에 담겨 무슨 생각을 했는지는 말하지 않겠다. 나도 모르는 것 같다. 책이 독자에게 알려줄 것이다. 그러니까 나는 이 소설의 영적인 기능에 관하여 생각하는 것이다. 나는 이 책이 시공, 차원을 드나드는 모습을 상상하고 있다. 이 책은 언제, 어디로 갈 수 있을까. 누굴 만나고 무슨 대화를 나눌까. 이 책이 최후에 도달할 책장은 무슨 색이며 어떤 재질일까. 나는 궁금한 게 너무 많다.